Querido Señor Henshaw

Libros en español por Beverly Cleary
Books in Spanish by Beverly Cleary

Henry Huggins
Querido Señor Henshaw
Ramona empieza el curso
Ramona la chinche
Ramona y su madre

BEVERLY CLEARY

Ilustrado por Paul O. Zelinsky
Traducido por Amalia Martin-Gamero

Querido Señor Henshaw

edición en español

A BEECH TREE PAPERBACK BOOK
UN LIBRO BEECH TREE EN ESPAÑOL
NEW YORK

Published by Beech Tree Paperback Books
a division of William Morrow and Company, Inc.
10 East 53rd Street, New York, NY 10022
www.williammorrow.com

Printed in the United States of America.

The Library of Congress has cataloged the Morrow Junior Books
Spanish-language edition of *Querido Señor Henshaw* as follows:
Cleary, Beverly.
[Dear Mr. Henshaw. Spanish]
Querido señor Henshaw / Beverly Cleary; traducción de Amalia Martin-
Gamero; ilustraciones de Paul O. Zelinsky. p. cm.
Summary: In his letters to his favorite author, ten-year-old Leigh reveals
his problems in coping with his parents' divorce, being the new boy in
school, and generally finding his own place in the world.
ISBN 0-688-15465-4
[1. Divorce—Fiction. 2. Parent and child—Fiction. 3. Schools—
.Fiction. 4. Letters—Fiction. 5. Spanish language materials.] I.
Martin-Gamero, Amalia. II. Zelinsky, Paul O., ill. III. Title.
[PZ73.C5418 1997] [Fic]—DC21 97-2997 CIP AC

First Beech Tree Spanish-language edition 1997
ISBN 0-688-15485-9
    13 14 15 16 LP/BR 20 19 18 17 16 15

Querido Señor Henshaw

12 de mayo

Querido señor Henshaw:

Mi maestra nos le*lló* en clase su libro sobre el perro. Es muy graciozo. Nos gustó mucho.

Su amigo

Leigh Botts (chico)

Querido señor Henshaw:

Soy el chico que le escribió a usted el año pasado cuando estaba en segundo. A lo mejor no recibió mi carta. Este año he leído el libro sobre el que le escribí, llamado *Maneras de divertir a un perro*. Es el primer libro gordo con capítulos que leo.

El padre del chico decía que los perros de ciudad se aburrían, así que no dejaba que Joe se quedara con el perro si no se le ocurrían siete maneras de divertirlo. Yo tengo un perro negro. Se llama Bandido. Es un perro muy bonito.

Si usted me contesta, pondré la carta en el tablón de anuncios de la escuela.

Mi maestra me enseñó un truco para escribir bien gracioso. El oso es gracioso porque termina en oso.

No se olbide de mí.

Su amigo,
Leigh Botts

13 de noviembre

Querido señor Henshaw:

Ahora estoy en cuarto. He hecho un diorama de *Maneras de divertir a un perro,* el libro sobre el que le he escrito ya dos veces. Ahora nuestro maestro nos ha dicho que escribamos a un autor cada uno para la Semana del Libro. Yo recibí su contestación a mi carta del año pasado, pero estaba escrita a máquina. Por favor, ¿le importaría escribirme a mano? Me divierten mucho sus libros.

El tipo que más me gustó del libro fue el padre de Joe porque no se enojó cuando Joe puso una cinta grabada, de una señora cantando, para divertir al perro y éste se sentó y empezó a aullar como si él también estuviera cantando. Bandido hace lo mismo cuando oye cantar.

Su mejor lector,
Leigh Botts

2 de diciembre

Querido señor Henshaw:

He estado pensando en *Maneras de divertir a un perro*. Cuando Joe llevó el perro al parque y le enseñó a deslizarse por el tobogán, ¿no apareció alguna persona mayor y le dijo que el perro no podía usar el tobogán? Por aquí las personas mayores, que en su mayoría siempre tienen gatos, se ponen furiosas si no se lleva los perros atados de la correa todo el tiempo. Detesto vivir en un campamento de casas-remolque.

Vi su fotografía en la parte de atrás del libro. Cuando sea mayor quiero ser un escritor de libros famoso, con barba, como usted.

Le envío mi foto. Es del año pasado. Ahora tengo el pelo más largo. Con los millones de niños que hay en los Estados Unidos, ¿cómo podría usted saber cuál soy yo si no le envío mi foto?

Su lector favorito,
Leigh Botts

Adjunto: foto mía.
(Estamos estudiando
correspondencia comercial)

Querido señor Henshaw:

Ahora estoy en quinto. Quizá le guste saber que hice una expresión oral sobre *Maneras de divertir a un perro*. A la clase le gustó. Me dieron (—A). No llegué a A porque el maestro dijo que yo no paraba de moverme.

Afectuosamente,
Leigh Botts

7 de noviembre

Querido señor Henshaw:

Recibí su carta y he hecho lo que usted me decía. Leí otro libro suyo. Leí *Bocadillo de alce*. Me gustó casi tanto como *Maneras de divertir a un perro*. Era muy gracioso que la madre del chico tuviese que pensar en tantas maneras diferentes de preparar la carne de alce que tenía en el frigorífico. Mil libras es mucho alce. Las hamburguesas de alce, el estofado de alce y la empanada de alce no debían de estar nada mal. El pastel de picadillo de alce a lo mejor estaba bueno, porque con pasas y otros condimentos, no sabría uno que estaba comiendo alce. Y paté de alce en una tostada, ¡qué asco!

Me parece que el padre del chico no debería haber matado al alce, pero creo que allí en Alaska hay muchos alces y a lo mejor se necesitan como comida.

Si mi padre matase un alce le daría las partes más duras a Bandido, mi perro.

Su admirador número uno,
Leigh Botts

20 de septiembre

Querido señor Henshaw:

Este año estoy en sexto en una escuela nueva en una ciudad diferente. Nuestra maestra nos ha mandado que escribamos un trabajo sobre algún escritor para mejorar nuestra redacción, así que naturalmente yo he pensado en usted. Por favor, contésteme las siguientes preguntas:

1. ¿Cuántos libros ha escrito usted?
2. ¿Es Boyd Henshaw su nombre verdadero o es falso?
3. ¿Por qué escribe usted libros para niños?
4. ¿De dónde saca usted las ideas?
5. ¿Tiene usted hijos?
6. De los libros que ha escrito, ¿cuál es su preferido?
7. ¿Le gusta escribir libros?
8. ¿Cómo se va a llamar su próximo libro?
9. ¿Cuál es su animal preferido?
10. Por favor, deme algunas ideas sobre cómo escribir un libro. Esto

es muy importante para mí. Lo quiero saber de verdad para poder llegar a ser un escritor famoso y escribir libros exactamente como los suyos.

Por favor, envíeme una lista de los libros que ha escrito, una fotografía con su autógrafo y un señalador. Necesito su respuesta antes del viernes. ¡Esto es muy urgente!

Afectuosamente,
Leigh Botts

Si envía la carta,
cuanto antes, mejor.

Si llega la carta,
cuanto más tarde, peor.

Querido señor Henshaw:

Al principio me fastidió mucho no recibir su respuesta a tiempo para escribir el trabajo, pero me las arreglé bien. Leí lo que decía sobre usted en la parte de atrás de *Maneras de divertir a un perro.* Y lo escribí con letra grande, una línea sí y otra no, con lo que llené bien la hoja. En el libro decía que usted vivía en Seattle. No sabía que usted se había ido a vivir a Alaska, aunque lo debía de haber adivinado después de leer *Bocadillo de alce.*

Cuando finalmente llegó su carta, no me apetecía leerla en clase, porque pensé que a la señorita Martínez no le gustarían sus bromas, como que su verdadero nombre es *Fastidioso del Lugar,* y que no tiene niños porque no se dedica a la cría de pavos. Pero me dijo que la tenía que leer. La clase se rió y la señorita Martínez sonrió, pero dejó de sonreír cuando llegué a lo de su animal favorito y que éste era un monstruo de color morado que se come a los niños que envían a los escritores largas listas de preguntas para sus trabajos, en vez de aprender a utilizar una biblioteca.

Sus consejos sobre la manera de escribir estaban bien. Se comprendía que lo que decía iba en serio. No se preocupe. Cuando escriba algo no se lo enviaré. Comprendo lo ocupado que está con sus propios libros.

No enseñé la segunda página de su carta a la señorita Martínez. La lista de preguntas que me envió para contestar me fastidió. No hay ningún otro autor que haya mandado una lista de preguntas para contestar, y no me parece justo hacerme trabajar todavía más, cuando ya he terminado el trabajo.

En todo caso, muchas gracias por contestar mis preguntas. Algunos chicos no recibieron respuesta, lo cual les molestó, y una chica casi se puso a llorar porque creía que le iban a poner una mala nota. Un chico recibió una carta de un escritor que parecía muy emocionado por haber recibido una carta, y su respuesta era tan larga, que el chico tuvo que escribir un trabajo muy largo. Se imaginó que nadie había escrito a ese autor hasta entonces, y, desde luego, él no piensa volver a hacerlo. Unos diez chicos escribieron al mismo autor que les contestó a todos de una vez. Estuvieron discutiendo sobre quién se iba a quedar con la carta hasta que la señorita Martínez la llevó a la oficina y la fotocopió.

En cuanto a las preguntas que me envió, no pienso contestarlas y usted no puede obligarme a ello. Usted no es mi maestro.

Atentamente,
Leigh Botts

P.D.: Cuando le pregunté cómo se iba a titular su próximo libro usted me contestó: "¿Quién sabe?" ¿Quiere decir que ése es el título o es que no sabe cómo lo va a llamar?

¿Y en realidad, escribe usted libros porque ya ha leído todos los de la biblioteca o porque le gusta más escribir que cortar el césped o quitar la nieve?

16 de noviembre

Querido señor Henshaw:

Mi madre encontró su carta y la lista de preguntas, pues fui tan tonto como para no guardarla. Tuvimos una gran discusión. Dice que tengo que contestar sus preguntas porque los escritores son trabajadores como los demás, y que si usted se molestó en contestar mis preguntas yo debo contestar las suyas. Dice que no puedo ir por la vida esperando que todo el mundo se ocupe de mis cosas. Solía decirle lo mismo a mi padre cuando dejaba los calcetines tirados en el suelo.

Bueno, ahora tengo que marcharme. Es hora de acostarse: A lo mejor le contesto sus diez preguntas, y a lo mejor no. No hay ninguna ley que me obligue a hacerlo. A lo mejor no vuelvo a leer otro libro suyo.

Su lector harto,
Leigh Botts

P.D.: Si mi padre estuviese aquí le diría que me dejara en paz.

15

Querido señor Henshaw:

Mi madre no hace más que regañarme por sus malditas preguntas. Dice que si realmente quiero ser escritor debería seguir los consejos de su carta. Que debería leer, observar, escuchar, pensar y *escribir*. Dice que le parece que la mejor manera de que yo empiece a hacer algo es atándome a una silla y empezando a contestar sus preguntas, pero contestándolas del todo. Así que ahí va.

1. *¿Quién eres?*

Como ya le he dicho, soy Leigh Botts. Mi nombre completo es Leigh Marcus Botts. No me gusta el nombre de Leigh porque algunas personas no saben cómo pronunciarlo o creen que es un nombre de chica. Mi madre dice que con un apellido como Botts necesitaba un nombre algo distinguido, pero no demasiado. Mi padre se llama Bill, y mi madre

Bonnie. Ella dice que Bill y Bonnie Botts suenan como nombres de historietas.

Soy un chico corriente. En este colegio no dicen que sea ni aplicado ni muy inteligente, y no me gusta mucho el fútbol, como se supone debería gustarle a todo el mundo en este colegio. Pero tampoco soy tonto.

2. *¿Qué aspecto tienes?*

Ya le he enviado mi foto, pero a lo mejor la ha perdido. Soy de tamaño regular. No tengo el pelo rojizo ni nada parecido. No soy alto como mi padre. Mi madre dice que me parezco a su familia, afortunadamente. Eso es lo que siempre dice. En primero y segundo, los chicos solían llamarme Leigh, *la Pulga*, pero he crecido. Ahora, cuando la clase se pone en fila por orden de tamaño, estoy entre los medianos de la clase.

Esto es mucho trabajo. Continuará, quizás.

Leigh Botts

Querido señor Henshaw:

Ya no iba a contestarle ninguna pregunta más, pero mi madre no piensa arreglar la televisión porque dice que se me está pudriendo el cerebro. Estos días son las vacaciones de *Thanksgiving*, la fiesta del Día de Acción de Gracias, y estoy tan aburrido que he decidido contestar un par de sus malditas preguntas con ayuda de mi cerebro podrido (esto es broma).

3. ¿Cómo es tu familia?

Desde que mi padre y Bandido se marcharon, mi familia no la componemos más que mi madre y yo. Vivíamos en una casa-remolque en las afueras de Bakersfield, que está en el Gran Valle Central de California, acerca del cual estudiamos en el colegio. Cuando mi padre y mi madre se divorciaron, vendieron la casa y mi padre se trasladó a una casa-remolque.

Mi padre es conductor de un camión grande, de ésos que tienen la cabina encima del motor. El camión es por lo que mis padres se divorciaron. Mi padre trabajaba como empleado de otra persona. Transportaba mercancías como algodón, remolacha y otras cosas por la parte central de California y Nevada, pero no podía quitarse de la cabeza la idea de tener su propio camión. Trabajaba prácticamente noche y día, y ahorró lo suficiente para el primer pago. A mi madre le pareció que nunca íbamos a salir de la casa-remolque porque tenía que hacer unos pagos muy grandes por el camión, y que nunca iba a saber dónde estaba cuando viajara por el país. Su camión es precioso. Tiene hasta una cama en la cabina. El camión, que los camioneros llaman *trailer*, pero todos los demás camión, tiene diez ruedas, dos delante y ocho en la parte de atrás, para poder transportar cualquier cosa: camionetas, remolques frigoríficos, un par de góndolas.

En el colegio nos enseñaron que una góndola es una especie de embarcación italiana, pero en los Estados Unidos es un contenedor para transportar mercancías que van sueltas como las zanahorias.

Se me ha cansado la mano de escribir tanto, pero como me gusta tratar a mi padre y a mi madre de la misma manera, me dedicaré a mi madre la próxima vez.

Su lector cansado,
Leigh Botts

23 de noviembre

Señor Henshaw:

¿Por qué había de llamarle "querido", cuando es usted la causa de que tenga tanto trabajo? Pero como no sería justo pasar por alto a mi madre, ahí va la continuación de la pregunta 3.

Mi madre trabaja por horas para el "Servicio de comidas de Katy", que es un negocio dirigido por una señora muy simpática que mi madre conoció de joven en Taft, California. Katy dice que todas las mujeres que se educaron en Taft tienen que ser buenas cocineras porque iban a muchas cenas en las que experimentaban con nuevos platos. Mi madre y Katy y otras señoras preparan comidas muy exquisitas para bodas y fiestas. También hacen pastel de queso y tarta de manzana para restaurantes. Mi madre es una buena cocinera. Me encantaría que cocinara más en casa, como la madre de *Bocadillo de alce*. Casi todos los días Katy le da algo rico para que me lo ponga con el almuerzo del colegio. Mi madre sigue también un par de cursos en la Escuela de Formación Profesional. Quiere ser asistente de enfermera. Son las que ayudan a las enfermeras de verdad, aunque no pinchan con agujas a la gente. Casi siempre está en casa cuando llego de la escuela.

Su ex amigo,
Leigh Botts

24 de noviembre

Señor Henshaw:

Aquí estoy otra vez.

4. ¿Dónde vives?

Después del divorcio, mi madre y yo nos mudamos de Bakersfield a Pacific Road, que

está en la costa central de California, a unas veinte millas de la refinería de azúcar de Spreckles, donde mi padre solía transportar remolacha antes de ponerse a viajar por todo el país. Mi madre decía continuamente, cuando vivía en el Gran Valle Central de California, que echaba de menos los aires del mar, y ahora ya los tenemos. Y también tenemos mucha niebla, especialmente por las mañanas. Por aquí no hay campos de cultivo, no hay más que campos de golf para gente rica.

Vivimos en una casa pequeña, una casa *realmente* pequeña, que fue la cabaña de verano de alguien, hace mucho tiempo, hasta que construyeron una casa de dos pisos delante. Ahora es lo que se llama una casita de campo. Y está a punto de venirse abajo, pero no tenemos dinero para otra cosa. Mi madre dice que por lo menos nos resguarda de la lluvia, y que no se la puede llevar un camión. Tengo un cuarto para mí solo, pero mi madre duerme en un sofá en el cuarto de estar. Ella la ha arreglado muy bien con cosas de la tienda de objetos usados que hay más abajo en la misma calle.

Al lado hay una estación de gasolina

que hace pim-pim, pim-pim, cada vez que llega un auto. El pim-pim termina a las diez de la noche, pero generalmente ya yo estoy dormido para entonces. A mi madre no le gusta que vaya por la estación de gasolina. En nuestra calle, al lado de la tienda de objetos usados, hay una tienda de animales, otra de máquinas de coser, otra de electricidad, un par de almacenes de cosas viejas que llaman antigüedades, además de un *Taco King* y una heladería. Y tampoco puedo ir por esos lugares. A mi madre no le gusta que ande por ninguna parte.

Algunas veces, cuando la estación de gasolina no está abierta, oigo el mar y los ladridos de los leones marinos. Hacen el mismo ruido que los perros y me acuerdo de Bandido. Continuará, a no ser que arreglen la televisión.

Sigo estando harto,
Leigh Botts

26 de noviembre

Señor Henshaw:

Si tuviéramos arreglada la televisión estaría viendo "Patrulla de carreteras" pero, como no es así, aquí le envío más contestaciones de mi cerebro podrido. (Ja, ja.)

5. *¿Tienes alguna mascota?*

No, no tengo ninguna mascota. (Mi maestra dice que contestemos siempre con frases completas.) Cuando mi padre y mi madre se divorciaron, y mi madre se hizo cargo de mí, mi padre se llevó a Bandido, porque mi madre dijo que no podía trabajar y cuidar el perro al mismo tiempo, y mi padre dijo que le gustaría llevarse a Bandido en el camión, porque es más fácil no dormirse en los trayectos largos si tiene alguien con quien hablar. Echo mucho de menos a Bandido, pero creo que está más contento viajando con mi padre. Como decía el padre de *Maneras de divertir a un perro,* los perros se aburren mucho si están todo el día en la casa. Y eso es lo que le pasaría a Bandido puesto que mi madre y yo estamos poco en casa.

Bandido le gusta viajar en auto y así fue cómo lo encontramos. Sencillamente, un buen día se subió de un salto a la cabina de mi padre, en una parada del camión en Nevada, y se acomodó. Llevaba un pañuelo rojo al cuello, como los bandidos, en vez de collar, así que por eso le llamamos Bandido.

A veces me quedo despierto por la noche escuchando el pim-pim de la estación de gasolina y pienso en mi padre y en Bandido, que quizá estén transportando tomates o balas de algodón por la Ruta 5, y me alegro de que Bandido esté con mi padre, para que no se duerma. ¿Ha visto usted alguna vez la Ruta 5? Es recta y aburrida, sin nada más que campos de algodón y grandes extensiones de pastos que pueden olerse mucho antes de llegar. Es tan aburrida que el ganado que pasta allí ni siquiera se molesta en mugir. De eso no nos cuentan nada en la escuela cuando nos hablan del Gran Valle Central de California.

Me están dando calambres en la mano de tanto escribir. Contestaré la pregunta número 6 la próxima vez. Mi madre dice que no me preocupe por los sellos, así que no puedo utilizar eso como excusa para no escribirle.

El escritor cansado,
Leigh Botts

27 de noviembre

Señor Henshaw:

Ya estoy aquí otra vez. No volveré a enviar una lista de preguntas a ningún escritor para que me las conteste, diga lo que diga el maestro.

6. *¿Te gusta la escuela?*

La escuela me parece que está bien. Es donde están los niños. Lo mejor de estar en sexto es que ya me falta poco para terminar.

7. *¿Quiénes son tus amigos?*

No tengo muchos amigos en la escuela nueva. Mi madre dice que quizá sea un solitario, pero no lo sé. Un chico nuevo en una escuela tiene que andar con cuidado hasta saber quién es quién. A lo mejor es que soy un chico en el que no se fija nadie. La única vez que alguien se ha fijado en mí fue en mi otro colegio cuando hice el trabajo sobre *Maneras de divertir a un perro*. Después de mi trabajo, algunos fueron a la biblioteca a sacar el libro. Los chicos de aquí se fijan mucho más en mi comida que en mí. La verdad es que me vigilan para ver lo que llevo de comida porque Katy me regala cosas muy ricas.

Ojalá me invitara alguien a su casa alguna vez. Después del colegio me quedo por ahí dando patadas a un balón con otros chicos para que no piensen que soy un presumido o cosas por el estilo, pero nadie me invita.

8. ¿Quién es tu maestro preferido?

No tengo preferencia por ningún maestro, pero en realidad me cae muy bien el señor Fridley. Es el guardián. Y es muy justo siempre sobre a quién le toca repartir la leche a la hora de comer, y una vez que tuvo que limpiar lo que un chico vomitó, ni siquiera puso mala cara. No dijo más que "parece que alguien ha estado parrandeando", y empezó a echar serrín encima. Mi madre solía ponerse furiosa con mi padre cuando él salía de parranda, aunque no tiene nada que ver con lo de vomitar. Lo que quería decir es que se quedaba demasiado tiempo en la parada de camiones que hay en las afueras de la ciudad.

Faltan otras dos preguntas. A lo mejor ni las contesto. Y ya está. Ja, ja.

Leigh Botts

Señor Henshaw:

Está bien, usted gana porque mi madre sigue regañándome y no tengo nada mejor que hacer. Contestaré sus dos últimas preguntas aunque tarde toda la noche.

9. ¿Qué te fastidia?

¿Qué me fastidia? No sé exactamente a lo que se refiere. Me parece que fastidiarme, me fastidian muchas cosas. Me fastidia que me roben cosas de la bolsa del almuerzo. No conozco bien a la gente de la escuela como para sospechar de nadie. Me fastidian los niños pequeños con mocos, pero no porque yo sea quisquilloso. No sé por qué es. Sencillamente me fastidia.

Me fastidia ir a la escuela andando *despacio*. La regla es que no se debe llegar a la escuela hasta diez minutos antes de que suene el timbre. Mi madre tiene una clase temprano. La casa se queda tan sola por la

mañana cuando se marcha, que no puedo so-
portarlo y salgo al mismo tiempo que ella. No
me importa estar solo al volver de la escuela,
pero sí me importa por la mañana, antes de
que la niebla se levante, y la casa está oscura
y húmeda.

Mi madre dice que vaya a la escuela, pero
que camine despacio, lo cual me cuesta mucho trabajo. Una vez traté de caminar alrededor de todas las baldosas de la acera, pero
es muy aburrido. Y lo mismo ocurre cuando
camino primero apoyando el talón y luego la
punta de los pies. A veces ando hacia atrás,
excepto cuando cruzo la calle, pero aun así
llego tan pronto que tengo que esconderme
detrás de los arbustos para que no me vea el
señor Fridley.

Me fastidia mucho que mi padre me tele-
fonee y se despida diciendo "bueno, no te
metas en líos, muchacho". ¿Por qué no me
dice que me echa de menos, y por qué no me
llama Leigh? Me fastidia que no me llame por

teléfono, lo cual es lo normal. Tengo un mapa de carreteras y trato de seguir su recorrido cuando tengo noticias suyas. Cuando funcionaba la televisión veía los pronósticos del tiempo que dan en los noticieros para saber por dónde había ventisca, tornados o granizo del tamaño de una bola de golf, o cualquier otra clase de tiempo del que tienen en otros lugares de los Estados Unidos.

10. ¿Qué es lo que más deseas?

Deseo que dejen de robarme las cosas ricas de mi bolsa del almuerzo. Y me parece que deseo muchas otras cosas también. Deseo que algún día mi padre y Bandido aparezcan en el camión delante de la puerta. Mi padre vendría tirando de un remolque frigorífico de cuarenta pies, lo cual haría que su transporte sumase dieciocho ruedas en total. Mi padre gritaría asomándose a la cabina: "Vamos, Leigh, salta aquí dentro que te llevo a la escuela". Entonces yo me subiría y Bandido movería la cola y me lamería la cara. Arrancaríamos mientras todos los hombres de la estación de gasolina se quedarían mirándonos. Y, en lugar de ir directamente a la escuela, nos lanzaríamos a toda velocidad por la carretera mirando hacia abajo para ver la parte de arriba de los autos; luego, saldríamos de la carretera y de vuelta a la escuela, justo antes de que sonara el timbre. Entonces, creo que no parecería tan pequeño, sentado en la cabina delante de un remolque de cuarenta pies. Bajaría de un salto y mi padre diría: "Adiós, Leigh. Te veré pronto", y Bandido se despediría con un ladrido. Yo entonces diría: "Ve con cuidado, papá", como digo siempre. Mi padre se pararía un momento para escribir en el cuaderno de ruta: "Llevé a mi hijo a la escuela". Entonces el camión arrancaría, mientras todos los niños se quedarían mirando, deseando que sus papás fuesen conductores de camiones también.

Ya está, señor Henshaw. Con esto termino

de contestar sus malditas preguntas. Espero
que esté satisfecho por haberme hecho trabajar tanto.

Mecachis en usted.
Leigh Botts

4 de diciembre

Querido señor Henshaw:

Siento haber sido tan mal educado en mi última carta después de contestar sus preguntas. Puede que estuviera furioso por otras cosas, como que mi padre se haya olvidado de enviar la mensualidad que le ha marcado el juez para mantenerme. Mi madre trató de telefonearle al parque de camiones donde, según ella, vive. Tiene teléfono en el camión para que el agente que le proporciona trabajo pueda ponerse en contacto con él. Ojalá siguiera transportando remolacha a la refinería de Spreckels porque así podría venir a verme. El juez del divorcio dijo que tiene derecho a verme.

Cuando usted contestó mis preguntas dijo que la mejor manera de llegar a ser escritor era <u>escribiendo</u>. Esto lo subrayó usted dos veces. Bueno, pues escribí un montón y, ¿sabe una cosa?, que al recordarlo ahora, no fue tan pesado como cuando es un trabajo sobre un

libro o sobre algún país de América del Sur o
cualquier otra cosa para la que tengo que
hacer consultas en la biblioteca. Hasta casi
echo de menos el escribir ahora que he terminado de contestar sus preguntas. Me siento
solo. Mi madre está haciendo horas extras en
el Servicio de comidas Katy, porque la gente
da muchas fiestas en esta época del año.

Cuando escriba un libro quizá lo titule *El misterio de mi bolsa del almuerzo* porque tengo muchos problemas con mi bolsa del almuerzo. Mi madre ya no cocina tantos asados y chuletas desde que mi padre se marchó, pero me prepara muy buenos almuerzos a base de sandwiches de pan integral, que compra en la tienda de alimentación especial, y con buenos rellenos que unta hasta las esquinas. Katy me manda pastelitos de queso, que hace especialmente para mí, y hongos rellenos o unas cosas pequeñas que llama *canapés*. A veces me manda un pedazo de *quiche*.

Hoy me tocaba huevo relleno. Katy compra huevos muy pequeños para las fiestas, de manera que se pueda comer medio huevo de un bocado sin que se caiga en las alfombras. Dentro pone un poco de curry mezclado con la yema. Lo rellena con la manga pastelera para que parezca una rosa. A la hora de comer, cuando abrí la bolsa del almuerzo, el huevo había desaparecido. Dejamos las bolsas y cajas del almuerzo (en su mayoría bolsas porque los chicos de sexto no quieren llevar cajas) alineadas contra la pared, detrás de una especie de tabique de separación.

¿Está usted escribiendo otro libro? Por favor, conteste mi carta para que podamos ser amigos por correspondencia.

Sigo siendo su admirador número uno.

Leigh Botts

12 de diciembre

Querido señor Henshaw:

Me quedé muy sorprendido al recibir su postal de Wyoming, porque creía que vivía en Alaska.

No se preocupe. He caído en cuenta. Usted no tiene demasiado tiempo para contestar cartas. Está bien por mi parte, porque me alegro de que esté ocupado escribiendo otro libro y cortando leña para calentarse.

Hoy me ocurrió algo muy agradable. Cuando andaba detrás de los arbustos de la escuela, esperando a que sólo faltasen diez minutos para tocar el primer timbre, me puse a observar al señor Fridley mientras izaba las banderas. Quizá sea mejor que le explique que la bandera del Estado de California es blanca con un oso marrón en el centro. Primero, el señor Fridley ató la bandera de los Estados Unidos en el mástil (esa es una palabra nueva en mi vocabulario) y luego ató debajo, la bandera de California. Cuando izó las banderas, el oso estaba al revés, con los pies en lo alto, y entonces le dije:

—¡Eh!, señor Fridley, el oso está al revés.

Pongo punto y aparte porque la señorita Martínez dice que debe ponerse siempre punto y aparte cuando habla una persona diferente. El señor Fridley dijo:

—Vaya, pues es verdad. ¿Te gustaría darle la vuelta?

Así que bajé las banderas, puse la del oso hacia arriba, y las volví a izar. El señor Fridley dijo que podía llegar al colegio unos minutos antes todas las mañanas para ayudarlo con las banderas, pero que por favor dejara de andar hacia atrás porque lo ponía nervioso. Así que ahora ya no tengo que ir tan despacio. Me gusta que alguien se haya fijado en mí. Hoy no me han robado nada del almuerzo porque me lo comí cuando iba de camino al colegio.

He estado pensando en lo que usted decía en su postal de que escriba mi diario. A lo mejor trato de hacerlo.

Afectuosamente,
Leigh Botts

13 de diciembre

Querido señor Henshaw:

He comprado un cuaderno como usted me dijo. Es amarillo y está encuadernado con una espiral. En la tapa he escrito con letras de imprenta:

DIARIO DE LEIGH MARCUS BOTTS
PRIVADO: NO ABRIRLO
¡¡ESTO VA POR TI!!

Cuando empecé a escribir en él, no sabía cómo empezar. Pensé que debía escribir: "Querido cuaderno", pero eso parece una idiotez. Y lo mismo pasa con: "Querido papel". La primera página todavía está como yo: en blanco. Me parece que no sé llevar un diario. No quiero ser un fastidioso para usted, pero me gustaría que me dijera cómo hacerlo. Estoy atascado.

Su desconcertado lector,
Leigh Botts

21 de diciembre

Querido señor Henshaw:

Recibí su postal con los osos. Quizá haga lo que me dice e imagine que mi diario es una carta que escribo a alguien. Podría hacer como que escribo a mi padre, aunque él nunca haya contestado mis cartas. A lo mejor hago como que le escribo a usted porque, cuando contesté todas sus preguntas, me acostumbré a empezar: "Querido señor Henshaw". Pero no se preocupe, no se lo voy a enviar.

Gracias por el consejo. Ya sé que usted está muy ocupado.

Su amigo agradecido,
Leigh Botts

DIARIO PRIVADO DE LEIGH
BOTTS

Viernes, 22 de diciembre

Querido señor Henshaw Imaginario:

Esto es un diario. Lo voy a guardar, no se lo voy a mandar.

Si me como el almuerzo de camino a la escuela, por la tarde tengo hambre. Hoy no lo hice, así que los dos hongos rellenos que mi madre me puso habían desaparecido a la hora del almuerzo. Mi sandwich sí estaba, así que no me he muerto de hambre, pero desde luego eché de menos los hongos. No puedo quejarme a la maestra porque no es buena idea que un chico nuevo sea un soplón.

Me paso toda la mañana tratando de averiguar quién se levanta de su asiento para ir detrás del tabique donde dejamos el almuerzo, y luego trato de ver quién se marcha de clase el último a la hora del recreo. No he visto a nadie masticando, pero es que la señorita Martínez me dice todo el tiempo que mire hacia delante. En todo caso, la puerta de la clase está generalmente abierta. Cualquiera se podría colar sin ser visto cuando todos estamos mirando hacia delante y la señorita Martínez escribe en la pizarra.

¡Vaya, acabo de tener una idea! Algunos escritores escriben bajo nombres supuestos. Después de las vacaciones de Navidad voy a escribir un nombre falso en la bolsa del almuerzo. Eso despistará al ladrón, como dicen en los libros.

Me parece que no hace falta que firme esta carta, que es un diario, como firmo una carta de verdad que voy a echar al correo.

Sábado, 23 de diciembre

Querido señor Henshaw Imaginario:

Hoy es el primer día de las vacaciones de

Navidad. Sigue sin llegar ningún paquete de mi padre. Yo pensé que a lo mejor me lo traía personalmente en vez de enviarlo por correo, así que pregunté a mi madre si creía que vendría para Navidad.

Ella me dijo: "Estamos divorciados. ¿No te acuerdas?"

Lo recuerdo muy bien. Lo recuerdo todo el tiempo.

Sábado, 24 de diciembre

Querido señor Heshaw Imaginario:

Sigue sin llegar ningún paquete de mi padre.

No hago más que pensar en la Navidad pasada, cuando estábamos en la casa-remolque, antes de que mi padre comprara el camión. Tuvo que esquivar la patrulla de carretera para llegar a casa a tiempo para el día de Navidad. Mi madre hizo un pavo y otras cosas muy buenas. Teníamos un árbol de Navidad de dos pies de alto porque no había sitio para uno mayor.

A la hora de la cena mi padre comentó que cuando conducía, a menudo veía un zapato en la carretera. Siempre se preguntaba cómo habría llegado hasta allí y qué le habría pasado al otro par.

Mi madre dijo que un solo zapato parecía algo triste, como una canción del oeste. Durante el postre, estuvimos inventando canciones sobre los zapatos perdidos. Nunca me olvidaré de ellas. La mía era la peor.

Mientras conducía una carga pesada
vi un zapato en la calzada
como si lo hubiesen perdido de pasada.

Y a mi padre le salió:

Vi un solo zapato tirado
como un trapo mojado
en la carretera número dos
y me puse deprimido
pensando de quién habría sido.

La canción de mamá nos hizo reír a todos. Era la mejor.

Un triste y solitario excursionista
perdió un zapato en la autopista.
Se sintió muy desgraciado
y siguió con un pie mojado
hasta llegar al lugar del acampado.

Eran unas canciones tontas, pero nos divertimos mucho. Mi padre y mi madre no se habían reído tanto desde hacía mucho tiempo, y a mí me hubiera gustado que no hubiesen dejado nunca de reírse.

Desde entonces, siempre que mi padre volvía a casa, le preguntaba si había visto algún zapato en la carretera. Y siempre lo había visto.

Lunes, 25 de diciembre

Querido señor Henshaw Imaginario:
Anoche me sentía triste y seguía aún des-

pierto cuando ya habían cerrado la estación de gasolina.

Luego oí unas pisadas muy fuertes subiendo las escaleras y por un momento pensé que era mi padre, hasta que me acordé que él siempre subía las escaleras corriendo.

Mi madre tiene mucho cuidado antes de abrir la puerta por la noche. La oí encender la luz de afuera y supe que miraba por detrás de la cortina. Abrió la puerta y un hombre dijo:

—¿Vive aquí Leigh Botts?

Salté de la cama y me planté en la puerta en un segundo.

—Yo soy Leigh Botts —dije.

—Tu padre me pidió que te dejara esto al pasar.

Un hombre con aspecto de camionero me entregó un paquete grande.

—Gracias —dije—. Muchísimas gracias.

Debí parecer sorprendido porque dijo:

—Llamó por la radio del camión por si había alguien que viniera hacia la calle Pacific y no le importara hacer de Papá Noel. Así que aquí estoy. Feliz Navidad. Jo, jo, jo.

Me dijo adiós con la mano y desapareció por el camino antes de que yo pudiera decir nada más.

—¡Estupendo! —le dije a mi madre—. ¡Qué bien!

Ella seguía allí, de pie, en bata, sonriendo mientras yo quitaba el papel, aunque no era la mañana de Navidad. Mi padre me había enviado lo que yo siempre había querido: una chaqueta enguatada con muchos bolsillos y una capucha que podía sujetarse al cuello con un cierre. Me la probé encima del pijama. Me quedaba bien de tamaño y me parecía estupenda. Recibir un regalo de mi padre por Navidad era aún mejor.

Hoy, día de Navidad, Katy nos invitó a comer, aunque ha sido una temporada de mucho trabajo. También estaban invitadas otras mujeres que trabajan con ella y sus niños, y un par de personas mayores del vecindario.

Cuando volvíamos a casa, mi madre dijo:

—Katy tiene el corazón más grande que un campo de fútbol. Fue una comida estupenda y especialmente para la gente que está sola.

No sé si es que estaba pensando en la Navidad pasada cuando nos inventamos las canciones sobre los tristes zapatos abandonados.

Miércoles, 3 de enero

Querido señor Henshaw Imaginario:

Me he retrasado con el diario durante las vacaciones de Navidad porque he tenido mucho que hacer, como ir al dentista para un chequeo, comprarme unos zapatos nuevos y muchas otras cosas que no hay tiempo de hacer cuando se va a la escuela.

Hoy escribí un nombre falso o seudónimo, como se dice a veces, en la bolsa del almuerzo. Escribí en ella Joe Kelly porque ése es el nombre del chico de *Maneras de divertir a un perro,* y por eso sabía que era un nombre ficticio. Creo que conseguí engañar al ladrón, pues no me robaron ni las castañas en dulce ni los hígados de pollo envueltos en tocino que Katy había preparado especialmente para mí. Son muy ricos, incluso si se comen cuando están fríos. Espero que al ladrón se le hiciera la boca agua cuando me vio comérmelos.

Lunes, 8 de enero

Querido señor Henshaw Imaginario:

¡Mi padre me llamó por teléfono desde Hermiston, Oregon! Lo miré en el mapa y vi que estaba allá arriba, cerca del río Columbia. Me dijo que estaba esperando un cargamento de papas. Podía oír un tocadiscos y un grupo de hombres hablando. Le pregunté por Bandido, y me dijo que Bandido estaba muy bien, y que escuchaba muy atentamente durante los trayectos largos, aunque decía poco. Yo le pregunté a mi padre si podría ir con él alguna vez el verano que viene, cuando haya terminado la escuela, y dijo que ya vería. (*Odio* contestaciones así.) En todo caso dijo que iba a enviar el cheque mensual y que sentía que se le hubiera olvidado, y que esperaba que me hubiera gustado la chaqueta.

Cómo me gustaría que mi padre volviera a vivir con nosotros, pero dijo que me llamaría al cabo de una semana y que no me metiera en problemas. Que tenía que ir a ver si habían cargado bien las papas para que no se movieran al tomar una curva.

Hoy ha sido un buen día. Tampoco me han tocado la comida.

El señor Fridley es muy gracioso. A muchos chicos les están poniendo los dientes derechos, así que cuando van a comer se quitan el aparato y lo envuelven en una servilleta de papel, mientras comen, pues a nadie le apetece ver un aparato lleno de saliva. A veces, se olvidan y tiran la servilleta con el aparato al cubo de la basura. Entonces, tienen que buscarlo entre latas pegajosas y basura hasta que lo encuentran, porque los aparatos cuestan mucho dinero y los padres se enojan si los pierden. El señor Fridley se pone siempre al lado del cubo para asegurarse de que los chicos ponen los tenedores y cucharas en una bandeja y no los tiran a la basura. Siempre que alguno de los que lleva aparato limpia su plato, el señor Fridley le dice: "Cuidado. No pierdas la dentadura postiza". Esto ha disminuido el número de aparatos que se pierden.

Mi madre dice que salgo a mi padre en una cosa: en que tengo los dientes bonitos y derechos, lo que es un gran ahorro.

Querido señor Henshaw Imaginario:

Hoy al mediodía me faltaba el pastel de queso, lo cual me molestó mucho. Supongo que alguien se dio cuenta de que la comida de Joe Kelly es en realidad la mía. Cuando fui a tirar la bolsa del almuerzo al cubo de la basura, el señor Fridley me dijo:

61

—Anímate, Leigh, o te va a llegar la cara a los pies.

Yo le dije:

—¿Cómo se sentiría usted si alguien le robara siempre lo más rico de su comida?

—Lo que necesitas es una alarma contra robos —dijo.

¡Qué idea, una alarma contra robos en la bolsa del almuerzo! Eso me hizo reír, pero seguía apeteciéndome el pastel de queso.

Mi padre debe de estar a punto de llamarme uno de estos días. Cuando lo comenté con mi madre a la hora de la cena (chile con carne, de lata), me dijo que no me hiciera demasiadas ilusiones, pero sé que mi padre se acordará esta vez. Mi madre en realidad nunca habla mucho de mi padre y cuando le pregunto por qué se divorció de él no dice más que:

—Para divorciarse tiene que haber dos personas.

Me parece que quiere decir lo mismo que

para que haya pelea tiene que haber dos que quieran pelearse.

Mañana voy a envolver la bolsa del almuerzo con mucha cinta adhesiva para que nadie pueda robarme nada de ella.

Miércoles, 10 de enero

Querido señor Henshaw Imaginario:

Es curioso que, a veces, cuando alguien dice algo uno no pueda olvidarlo. No hago más que pensar en lo que me dijo el señor Fridley de que necesitaba una alarma contra robos en la bolsa del almuerzo. ¿Cómo podría ponerse una alarma en una bolsa de papel? Hoy puse tanta cinta adhesiva en la bolsa, que me ha costado mucho trabajo sacar la comida. Y todo el mundo se ha reído.

Mi padre debería llamarme hoy o mañana. Si viniera a casa a lo mejor sabría cómo podría yo hacer una alarma contra robos para la

bolsa del almuerzo. Le gustaba ayudarme a
construir cosas, lo malo es que había muy
poco sitio en la casa-remolque en que vivíamos y había que tener cuidado donde se

martilleaba porque, al menor descuido, saltaba un pedazo de plástico.

Volví a leer la carta que usted me escribió aquella vez contestando mis preguntas, y estuve pensando en sus consejos para escribir un libro. Uno de los consejos era *escuchar*. Supongo que lo que quería decir era que escuchara y escribiera lo que la gente habla, algo así como si fuera una obra de teatro. Y esto es lo que mi madre y yo hablamos a la hora de cenar. (Pastel de pollo congelado):

YO. —Mamá, ¿cómo es que no te vuelves a casar?

MAMÁ. —No sé. Es difícil encontrar un hombre si uno va a la escuela de noche.

YO. —Pero a veces sales. Fuiste a cenar con Charlie un par de veces. ¿Qué ha sido de él?

MAMÁ. —Un par de veces fue suficiente. Ahí se acabó Charlie.

YO. —¿Y, por qué?

MAMÁ. —(*Se queda pensando un momento.*) Charlie está divorciado y tiene tres hijos que mantener. Lo que Charlie realmente quiere es alguien que le ayude.

YO. —Ah. (*Tres hermanos o hermanas de repente es como para pensárselo.*) Pero veo hombres por todas partes. Hay muchísimos hombres.

MAMÁ. —Pero no de los que se casan. (*Suelta una especie de risita.*) A lo mejor es que tengo miedo de encontrarme con otro hombre que esté enamorado de un camión.

YO. —(*Pienso en esto y no contesto.*) "¿Mi padre enamorado de un camión? ¿Qué querrá decir?"

MAMÁ. —¿Por qué me haces todas estas preguntas, así, de repente?

YO. —Estaba pensando que si tuviera un padre en casa a lo mejor podía enseñarme a hacer una alarma contra robos para la bolsa del almuerzo.

MAMÁ. —(*Riendo.*) Creo que debe de haber una manera más fácil que casándome de nuevo.

Final de la conversación.

Querido señor Henshaw:

Ésta es una carta de verdad que voy a echar al correo. Quizá debiera explicarle que le he escrito muchas cartas que son, en realidad, un diario que llevo porque usted me dijo que debería hacerlo, y porque mi madre sigue sin querer que nos arreglen la televisión. Quiere que tenga el cerebro en buenas condiciones. Dice que voy a necesitar tener la cabeza bien puesta toda mi vida.

¿Sabe una cosa? Hoy la bibliotecaria de la escuela me paró en la entrada para decirme que tenía algo para mí y que fuera a la biblioteca. Allí me entregó su nuevo libro y me dijo que podía ser el primero en leerlo. Debí de parecer sorprendido. Me dijo que sabía cuánto me gustaban sus libros puesto que los saco con tanta frecuencia. Ahora sé que el señor Fridley no es la única persona que se fija en mí.

Estoy en la página catorce de *Los osos men-*

digos. Es muy bueno. Y quería solamente que supiera que soy la primera persona de por aquí que lo está leyendo.

Su admirador número uno,
Leigh Botts

Querido señor Henshaw:

He terminado *Los osos mendigos* en dos noches. Es un libro realmente bueno. Al principio me sorprendió que no fuera gracioso como sus otros libros, pero luego me puse a pensar (usted me dijo que los autores deben pensar) y decidí que un libro no tiene por que ser necesariamente gracioso para ser bueno, aunque a veces ayuda. Este libro no necesitaba ser gracioso.

En el primer capítulo creí que iba a ser gracioso. Supongo que lo esperaba por sus otros libros, y porque la osa madre enseñaba a sus oseznos gemelos a mendigar a los turistas, en el Parque de Yellowstone. Luego, cuando la madre se murió porque un turista estúpido le dio de comer un panecillo metido en una bolsa de plástico y se comió la bolsa también, me di cuenta de que iba a ser un libro triste. El invierno llegaba, los turistas se marchaban y los ositos no sabían buscarse la comida solos.

71

Cuando hibernaron y se despertaron en pleno invierno porque habían comido cosas que no eran adecuadas y no habían almacenado suficiente grasa, casi me eché a llorar. ¡Qué aliviado me sentí cuando el simpático guardabosques y su hijo encontraron a los ositos y les dieron de comer y al verano siguiente les enseñaron a buscar lo que debían comer!

Me intriga lo que les pasa a los papás osos ¿Es que todos se marchan?

A veces me quedo despierto escuchando el pim-pim de la estación de gasolina y me preocupa que le pueda suceder algo a mi madre. Es tan pequeña, comparada con la mayoría de las madres, y trabaja tanto. Me parece que mi padre no se interesa mucho por mí. No me llamó por teléfono cuando dijo que lo haría.

Espero que su libro gane un millón de premios.

Afectuosamente,
Leigh Botts

Querido señor Henshaw:

Muchas gracias por enviarme la postal con el lago y las montañas y toda la nieve. Sí, continuaré escribiendo en mi diario, incluso aunque tenga que hacer como que le escribo a usted. ¿Sabe una cosa? Que me parece que me encuentro más animado cuando escribo el diario.

Mi maestra dice que mi redacción ha mejorado. A lo mejor llego a ser un escritor famoso algún día. Nos dijo que nuestra escuela, junto con otras escuelas, va a publicar (quiere decir fotocopiar) un libro con trabajos de autores jóvenes, y que yo debería escribir una historia para incluirla en él. El que escriba el mejor trabajo ganará un premio—comerá con un escritor famoso y con los ganadores de otras escuelas—. Espero que el escritor famoso sea usted.

No recibo cartas con mucha frecuencia, pero hoy recibí dos postales, una de usted y

otra de mi padre desde Kansas. La postal era
de un almacén de grano. Dijo que me llamaría la semana próxima. Me gustaría que
algún día tuviera que llevar un cargamento
de algo a Wyoming y que me llevara para
conocerlo a usted.

Esto es todo por ahora. Voy a tratar de inventar un cuento. No se preocupe. No se lo enviaré para que lo lea. Sé que usted está muy ocupado y no quiero ser un pesado.

Su buen amigo,

Leigh Botts Primero

Sábado, 20 de enero

Querido señor Henshaw Imaginario:

Cada vez que me pongo a inventar un cuento resulta que se parece a algo que ha escrito otra persona, generalmente usted. Quiero hacer lo que usted me aconsejó, y escribir como *yo*, no como los demás. Seguiré intentándolo porque quiero llegar a ser un Escritor Joven y que se publique mi cuento. Quizá no se me ocurra ningún cuento porque estoy esperando que mi padre me llame. Me siento muy triste cuando me quedo solo en casa porque mi madre se ha ido a su clase de enfermera.

Ayer me robaron un pedazo de pastel de boda de la bolsa del almuerzo. Era de los que, en el Servicio de comidas Katy, meten en unas cajitas blancas para que la gente que va a las bodas se las lleve a casa. El señor Fridley se dio cuenta de que volvía a tener cara de mal humor y me dijo:

—¡Así que el ladrón de la bolsa del almuerzo ha vuelto a atacar!

Yo le dije:

—Sí, y mi padre no me ha llamado.

Y me contestó:

—No creas que eres el único chico que hay por aquí con un padre olvidadizo.

No sé si será verdad. El señor Fridley está atento a todo lo que ocurre en la escuela, así que probablemente sea verdad.

Me encantaría tener un abuelo como el señor Fridley. Es simpático y muy comodón.

Lunes, 29 de enero

Querido señor Henshaw Imaginario:

Mi padre sigue sin llamar y me prometió que lo haría. Mi madre no para de decirme que no debería hacerme ilusiones porque mi padre a veces se olvida. Yo no creo que debería olvidarse de lo que escribió en la postal. Me siento muy mal.

Martes, 30 de enero

Querido señor Henshaw Imaginario:

Estuve mirando el mapa de carreteras y supuse que mi padre debería de estar ya de vuelta en Bakersfield, pero sigue sin llamarme por teléfono. Mi madre me ha dicho que no sea tan duro con él porque la vida de un camionero no es fácil. Los camioneros a veces pierden algo del oído en el lado izquierdo a causa del aire que entra por la ventanilla del conductor. Dice que los camioneros acaban teniendo problemas físicos por estar sentados tantas horas sin hacer ejercicio y por comer cosas que tienen mucha grasa. A veces tienen úlcera producida por la tensión de lograr hacer buen tiempo en la carretera. El tiempo es dinero para un camionero. Me parece que lo que ella quiere es que me ponga contento, pero no lo consigue. Me siento muy mal.

Yo le dije:

—Si la vida de un camionero es tan dura, ¿cómo es que mi padre está tan encariñado con su camión?

Mi madre dijo:

—En realidad, es su camión lo que de verdad le gusta. Le entusiasma la sensación de poder que le da sentarse en lo alto de la cabina y controlar una máquina tan poderosa. Le emociona no saber dónde va a estar mañana. Le entusiasman las montañas y los amaneceres en el desierto, y la visión de los naranjos cargados de naranjas, y el olor de la alfalfa recién cortada. Lo sé porque yo iba con él hasta que tú llegaste.

Sigo sintiéndome terriblemente triste. Si a mi padre le entusiasman tanto todas esas cosas, ¿por qué no me quiere a mí? Quizá si yo no hubiese nacido, mi madre seguiría acompañando a mi padre. Quizá yo sea el culpable de todo.

Miércoles, 31 de enero

Querido señor Henshaw Imaginario:

Mi padre sigue sin llamar. Las promesas hay que cumplirlas, especialmente si se hacen por escrito. Cuando suena el teléfono es siempre una llamada de una de las señoras con las que trabaja mi madre. Estoy iracundo (saqué esa palabra de un libro, pero no de uno de los suyos). Estoy furioso con mi madre por haberse divorciado de mi padre. Como dice que para divorciarse tiene que haber dos personas, estoy furioso con dos personas. Quisiera que Bandido estuviera aquí para acompañarme. Bandido y yo no nos divorciamos. Fueron ellos los que lo hicieron.

Jueves, 1 de febrero

Querido señor Henshaw Imaginario:

Hoy había malas noticias en el periódico. La refinería de azúcar va a cerrar. Aunque ahora mi padre viaja por todo el país, sigo esperando que a lo mejor transporte alguna vez un buen cargamento de remolacha a Spreckels. Ahora, quizá, no vuelva a verle más.

Viernes, 2 de febrero

Querido señor Henshaw Imaginario:

Estoy escribiendo esto porque estoy atrapado en mi cuarto con un par de niños pequeños que duermen en sus cestitos encima de mi cama. Mi madre ha invitado a algunas de sus amigas a casa. Se sientan a beber té o café y a hablar de sus problemas que son generalmente los hombres, el dinero, los niños y los caseros. Algunas hacen colchas con trozos de tela mientras hablan, esperando poder venderlas para sacar algo de dinero. Es mejor estar aquí con los niños que salir y decir: "Hola, claro, ya lo creo que me gusta mucho la escuela. Sí, me parece que he crecido", y todas esas cosas.

Mi madre tiene razón en lo que dice de mi padre y su camión. Recuerdo lo emocionante que era ir con él y escuchar las llamadas que le hacían por radio. Mi padre me contaba que los halcones se posan en los cables del teléfono a esperar que los animales pequeños mueran atropellados, para no tener que molestarse en salir a cazar. Mi padre dice que la civilización está acabando con los halcones. Ese día remolcaba una góndola llena de tomates, y me dijo que hay unos tomates que se cultivan de manera especial para que sean muy duros y no se espachurren en los remolques. Quizá no tengan mucho sabor pero no se despachurran.

Ese día tuvimos que detenernos en una báscula. Mi padre había gastado el suficiente gasóleo para que su carga estuviera por debajo del peso autorizado, y la patrulla de carreteras no le hizo pagar la multa por llevar exceso de carga. Luego, comimos en la parada de camiones. Todo el mundo parecía conocer a mi padre. Las camareras dijeron todas: "Vaya, mira quien acaba de aparecer. Nuestro viejo compañero, Bill *el Bravo*" y cosas así. Bill *el Bravo* de Bakersfield es el nombre que mi padre utiliza en la radio.

Cuando mi padre dijo: "Les presento a mi chico", yo me puse de pie y me estiré lo más que pude para que pensaran que iba a ser tan alto como mi padre. Las camareras se pusieron todas a reír alrededor de mi padre. De comida tomamos filetes de pollo fritos, puré de papa con mucha salsa, guisantes de lata y tarta de manzana con helado. Nuestra camarera me dio más helado para que crezca tanto como mi padre. La mayoría de los camioneros comieron muy deprisa y se marcharon, pero mi padre se quedó bromeando durante un rato y entreteniéndose con los vídeo-juegos. Mi padre siempre marca muchos tantos con cualquier máquina con la que juegue.

Las amigas de mi madre están recogiendo a sus niños, creo que ahora podré irme a la cama.

Domingo, 4 de febrero

Querido señor Henshaw Imaginario:
Odio a mi padre.
Mi madre está generalmente en casa los domingos, pero esta semana había un campeonato de golf muy importante, y esto quiere decir que la gente rica da fiestas, así que tuvo que ir a rellenar, con cangrejo picado, alrededor de un millón de pastelitos de hojaldre. A mi madre no le preocupa el pago del alquiler cuando hay un campeonato de golf importante.

Estaba solo en casa, llovía y no tenía nada que leer. Debía haberme dedicado a quitar algo de moho de las paredes del cuarto de baño con un producto que huele muy mal, pero no lo hice porque estaba furioso con mi madre por haberse divorciado de mi padre. A veces me pongo así, lo cual me hace sentirme muy mal porque sé lo mucho que tiene que trabajar, además de ir a sus clases.

No apartaba la vista del teléfono, hasta que no pude aguantar más. Cogí el aparato y marqué el número de mi padre en Bakersfield. Incluso me acordé de marcar el 1 primero porque era larga distancia. Sólo quería oír el timbre del teléfono en el camión de mi padre, lo cual no le iba a costar nada a mi madre porque no contestaría nadie.

Pero mi padre contestó. Estuve a punto de colgar. No estaba de viaje en otro estado. Estaba en su camión y no me había llamado.

—Me prometiste llamar esta semana y no lo hiciste—dije, pues comprendí que no me quedaba más remedio que hablar con él.

—No te preocupes, muchacho —dijo—.

Es que no tuve tiempo. Te iba a llamar esta noche. Aún no ha terminado la semana.

Me quedé pensando.

—¿Qué te preocupa? —dijo.

No supe que contestarle, así que dije:

—Mi comida. Alguien me roba las cosas ricas que llevo para el almuerzo.

—Búscale y dale un puñetazo en las narices —dijo mi padre.

Me di cuenta de que no le parecía importante lo de mi comida.

—Tenía esperanzas de que me llamaras —dije—. Estuve esperando.

Luego sentí haberlo dicho porque todavía me queda algo de orgullo.

—Había mucha nieve en las montañas —dijo—. Tuve que poner las cadenas en la carretera 80 y perdí tiempo.

Por el mapa sé que la carretera 80 cruza la Sierra. También sé lo que es poner cadenas en un camión. Cuando hay mucha nieve los camioneros tienen que poner cadenas en las ruedas—en las ocho—. Poner cadenas en ocho ruedas grandes en plena nieve no es nada divertido. Me sentí un poco más animado.

—¿Cómo está Bandido? —le pregunté para seguir hablando.

Hubo un silencio muy extraño. Por un momento pensé que la línea se había cortado. Entonces comprendí que algo debía de haberle ocurrido a mi perro.

—¿Cómo está Bandido? —pregunté de nuevo más alto por si mi padre había perdido algo de oído en el lado izquierdo a causa del viento.

—Bueno, muchacho . . . —empezó.

—Me llamo Leigh —grité—. No soy un muchacho cualquiera que te hayas encontrado en la calle.

—No te sulfures, Leigh —dijo—. Cuando me vi obligado a parar para poner las cadenas, dejé que Bandido saliera de la cabina. Pensé que volvería enseguida porque nevaba

mucho, pero, cuando terminé de poner las
cadenas, él aún no había regresado.

—¿Le dejaste la puerta abierta? —pregunté.

Hubo una larga pausa.

—Juraría que lo había hecho —dijo, lo que quería decir que no lo había hecho. Luego dijo—: Silbé una y otra vez pero Bandido no apareció. No podía esperar más porque la patrulla hablaba de cerrar la carretera 80. Y no podía quedarme atrapado, allí arriba en las montañas, pues tenía un plazo fijo para entregar un cargamento de aparatos de tele visión a un comerciante de Denver. Tuve que marcharme. Lo siento, muchacho— Leigh—, pero así sucedió.

—Dejaste a Bandido morirse de frío. —Lloraba de indignación. ¿Cómo había sido capaz de hacer eso?

—Bandido sabe cuidarse solo —dijo mi padre—. Me apuesto lo que quieras a que se subió a algún otro camión que salía.

Me limpié las narices en la manga.

—¿Por qué había de dejarle el conductor? —pregunté.

—Porque pensaría que Bandido se había perdido —dijo mi padre—, y tendría que seguir con su carga antes de que cerraran la carretera, lo mismo que me ocurrió a mí. No podría dejar que un perro se congelase.

—¿Y la radio? —pregunté—. ¿No enviaste una llamada?

—Ya lo creo que lo hice, pero no tuve respuesta. Cuando viajas por montañas, a veces se corta la transmisión —me dijo mi padre.

Estuve a punto de decirle que lo comprendía, pero aquí viene lo peor. Oí la voz de un chico que decía:

—Oye, Bill, mi madre quiere saber cuándo vamos a salir a comer pizza.

Me sentí como si se me hundiera el mundo. Colgué. No quería oír nada más, y además era mi madre la que tenía que pagar la llamada. No quería oír nada más.

Continuará.

~~Querido señor Henshaw:~~

Ya no tengo que hacer como que escribo al señor Henshaw; he aprendido a decir lo que pienso en una hoja de papel. Y tampoco odio a mi padre. No puedo odiarlo. A lo mejor todo sería más fácil si pudiera.

Ayer, después de colgarle el teléfono a mi padre, me tiré en la cama y lloré y juré y golpeé la almohada. Me sentía muy triste de pensar que Bandido andaba por ahí con un camionero desconocido, y que mi padre iba a llevar a otro chico a comer pizza cuando yo estaba solo en casa, con el cuarto de baño lleno de moho, mientras llovía fuera, y tenía hambre. Lo peor de todo era que sabía que si mi padre llevaba a alguien a una pizzería para cenar, desde luego que no me habría llamado, dijera lo que dijera. Se entretendría demasiado con los vídeo-juegos.

Luego oí el auto de mi madre que se detenía delante de casa. Corrí y me lavé la cara y traté de que no se notara que había llorado, pero no pude engañarla. Se acercó a la puerta de mi habitación y dijo:

—Hola, Leigh.

Traté de mirar hacia otro lado pero ella se me acercó en la oscuridad y me dijo:

—¿Qué te pasa Leigh?

—Nada —dije.

Pero ella se dio cuenta. Se sentó y me abrazó. Traté con todas mis fuerzas de no llorar pero no pude evitarlo.

—Papá ha perdido a Bandido —conseguí decir finalmente.

—¡Oh, Leigh! —dijo.

Y le solté todo el cuento, incluido lo de la pizza, llorando a lágrima viva. Nos quedamos sentados ahí un rato y luego dije:

—¿Por qué te casaste con él?

—Porque estaba enamorada —contestó.

—¿Por qué dejaste de quererlo? —pregunté.

—Porque nos casamos demasiado jóvenes —dijo—. En aquel pueblo del valle donde me crié, donde no había nada más que artemisas, pozos de petróleo y liebres, había poco en que entretenerse. Recuerdo que por la noche solía mirar las luces de Bakersfield a lo lejos y deseaba vivir en un sitio como aquél, que parecía tan grande y bullicioso. Resulta curioso ahora pero, entonces, creía que era como Nueva York o París.

—Después de terminar la secundaria, la mayoría de los chicos se marchaban a trabajar en los pozos de petróleo o se iban al ejército, y las chicas se casaban. Algunos iban a la universidad, pero yo no conseguí que mis padres me ayudaran. Después de la secundaria tu padre apareció en un gran camión y, bueno, eso fue todo. Era alto y guapo y nada parecía preocuparle, y por la forma en que manejaba el camión, bueno, pues me parecía un caballero de brillante armadura. En casa el ambiente no era muy feliz, con tu abuelo que bebía . . . Así que tu padre y yo nos escapamos a Las Vegas y nos casamos. Me divertía ir con él de viaje hasta que tú llegaste y, bueno, para entonces ya tenía bastante de carreteras y de paradas de camiones. Me quedé en casa contigo y él estaba fuera la mayoría del tiempo.

Me sentí un poco más animado cuando mi madre me dijo que estaba cansada de la vida en carretera. A lo mejor yo no tenía toda la culpa. Recordé también que mi madre y yo pasábamos mucho tiempo solos y que yo odiaba vivir en aquella casa-remolque. Los únicos sitios a los que íbamos alguna vez era a la lavandería y a la biblioteca. Mi madre leía mucho, y solía leerme a mí también. Hablaba con frecuencia de la directora de su escuela, a la que le gustaba tanto leer que hacía que todo el colegio dedicase el mes de abril a la literatura y a los escritores.

Entonces mi madre continuó:

—Ya no me parecía que el jugar a las máquinas en una taberna los sábados por la noche era divertido. Quizá fuera porque yo me había hecho mayor y tu padre no.

De repente, mi madre rompió a llorar. Me sentí horriblemente mal, así que yo también me puse a llorar otra vez, y los dos estuvimos llorando hasta que ella dijo:

—Tú no tienes la culpa, Leigh. No debes pensar eso. Tu padre tiene muchas cualidades. Lo malo es que nos casamos demasiado jóvenes y a él le divierte la emoción de la vida en carretera y a mí no.

—Pero perdió a Bandido —dije—. No le dejó la puerta de la cabina abierta cuando nevaba.

—A lo mejor es que Bandido es un vagabundo —dijo mi madre—. Sabes, algunos perros lo son. ¿No te acuerdas cómo saltó a la cabina de tu padre la primera vez? A lo mejor le apetecía pasarse a otro camión.

Podía tener razón, pero me costaba trabajo creerlo. Casi me daba miedo hacer la siguiente pregunta, pero la hice.

—¿Mamá, sigues queriendo a papá?

—Por favor, no me lo preguntes —dijo.

Yo no sabía qué hacer, así que me quedé sentado hasta que se secó los ojos y se sonó la nariz. Luego dijo:

—Vamos, Leigh, vamos a salir.

Así que nos subimos al auto y nos fuimos a un sitio donde venden pollo frito y compramos unas raciones de pollo. Luego nos fuimos a dar una vuelta en el auto a lo largo de la costa y nos comimos el pollo mientras la lluvia resbalaba por el parabrisas y las olas rompían contra las rocas.

Con el pollo daban unas cajitas de puré de papa y de salsa, pero se habían olvidado de los tenedores de plástico. Tuvimos que comernos el puré de papa utilizando los huesos de pollo como cuchara, lo cual nos hizo reír un poco. Mi madre puso en marcha los limpiaparabrisas y fuera, en la oscuridad, veíamos la espuma de las olas al romper. Abrimos las ventanas para oírlas romper una tras otra.

—¿Sabes? —dijo mi madre—, siempre que miro las olas, tengo la impresión de que por muy mal que nos parezca que van las cosas, la vida continuará.

Estaba pensando en lo mismo, pero no sabía cómo decirlo, así que solamente dije:

—Sí.

Luego volvimos a casa.

Ahora me siento mucho mejor con mi madre. Con mi padre, no estoy tan seguro, aunque ella diga que tiene muchas cualidades. No me gusta pensar que Bandido es un vagabundo, pero a lo mejor mi madre tiene razón.

Martes, 6 de febrero

Hoy me sentía tan cansado que ni siquiera tuve que hacer esfuerzos para ir despacio a la escuela. Lo hice naturalmente. El señor Fridley ya había izado las banderas cuando llegué. El oso de California estaba hacia arriba, así es que, después de todo, a lo mejor el señor Fridley no me necesitaba para que lo ayudara. Al llegar tiré la bolsa del almuerzo al suelo y no me importó que pudieran robarme algo. A la hora de la comida tenía hambre de nuevo y, cuando vi que me faltaba el pastel de queso, volví a ponerme furioso.

Voy a averiguar quién me roba la comida, y quien sea me las va a pagar. Se va a acordar de mí. También puede ser una chica. Sea quien sea, ya verá.

Traté de empezar una historia para los Escritores Jóvenes. Llegué hasta el título, que era: *Maneras de atrapar a un ladrón de bolsas del almuerzo*. Lo único que se me ocurría era poner una trampa para ratones en la bolsa y, de todos modos, el título se parecía demasiado al del libro del señor Henshaw.

Hoy, durante la clase de ortografía, me puse tan furioso al pensar en el ladrón de mi comida que pedí permiso para ir al cuarto de baño. Al salir hacia el pasillo agarré la bolsa del almuerzo que estaba más cerca de la puerta y, cuando iba a darle una patada para tirarla al pasillo, noté que me agarraban por el hombro. Era el señor Fridley.

—¿Pero qué estás haciendo? —preguntó, y

esta vez no estaba ni mucho menos de broma.

—Vaya y cuénteselo al director —dije—. Y verá si me importa.

—A ti a lo mejor no —dijo—, pero a mí sí que me importa.

Eso me sorprendió

Entonces el señor Fridley me dijo:

—No quiero ver a un chico como tú meterse en líos, y eso es lo que me parece que vas a conseguir.

—No tengo amigos en esta maldita escuela.

No sé por qué dije eso. Quizá porque me parecía que tenía que decir algo.

—¿Quién va a querer ser amigo de alguien que está de mal humor todo el tiempo? —preguntó el señor Fridley—. Por lo visto tienes problemas. Bueno, pues lo mismo que todo el mundo, si te molestas en mirar a tu alrededor.

Pensé entonces en mi padre en las montañas poniendo cadenas a ocho ruedas pesadas, en medio de la nieve, y pensé en mi madre rellenando, con cangrejo picado, cientos de pastelitos de hojaldre y haciendo millones de sandwiches diminutos para que se los zampen los golfistas, y con la preocupación de que si cobrará lo suficiente para pagar el alquiler.

—Dedicarte a dar puntapiés a las comidas, con cara de mal humor, no te va a servir de nada —dijo el señor Fridley—. Deberías tener más sentido común.

—¿Cómo? —pregunté.

—Eso es cosa tuya —dijo, y me dio un pequeño empujón en dirección a la clase.

Nadie me vio volver a dejar la bolsa del almuerzo en el suelo.

Miércoles, 7 de febrero

Hoy después del colegio me sentí tan asqueado que me fui a dar un paseo. No iba a ningún sitio en especial. Sólo a pasear. Iba calle abajo, después de pasar la tienda de pinturas, la tienda de antigüedades, la panadería y todos esos sitios, y luego la oficina de correos, cuando llegué a un letrero que decía ÁRBOLES DE LAS MARIPOSAS. Había oído hablar mucho de estos árboles a los que se acercan volando las mariposas monarcas desde muy lejos para pasar el invierno. Seguí unas flechas hasta que llegué a un bosquecillo de pinos y eucaliptos cubiertos de musgo con unos indicadores que decían: SILENCIO. También había un gran letrero que decía: AVISO. SE MULTARÁ CON 500 DÓLARES AQUIEN MOLESTE LAS MARIPOSAS. Sonreí. ¿Quién iba a querer molestar una mariposa?

El lugar estaba tan silencioso—parecía una iglesia—que me puse a andar de puntillas. El bosquecillo era sombrío y al principio pensé que todos los letreros sobre las mariposas eran una especie de atracción para los turistas, pues no había visto más que tres o cuatro mariposas revoloteando, Luego, descubrí que algunas de las ramas tenían un aspecto un tanto extraño, como si estuvieran cubiertas de pequeños palitos de color marrón.

Después, apareció el sol detrás de una nube. Los palitos empezaron a moverse y fueron abriendo las alas lentamente hasta convertirse en mariposas de color naranja y negro. Había miles agitándose en cada árbol. Luego empezaron a revolotear entre los árboles al sol. Eran verdaderas nubes de mariposas, y eran tan bonitas que sentí un verdadero bienestar y me quedé quieto, observándolas, hasta que empezó a caer la niebla. Entonces, volvieron las mariposas y se convirtieron de nuevo en palitos de color marrón. Me recordaron a Cenicienta cuando volvía del baile, que es un cuento que mi madre me leía.

Estaba tan contento que fui corriendo a

casa y, mientras corría, se me ocurrió una idea para mi cuento.

También me di cuenta de que algunas tiendas tenían (cerca del tejado) una caja de metal que decía: "Sistema de alarma". Es lo mismo que tienen en la estación de gasolina de al lado de casa. Me intriga lo que hay dentro de esas cajas.

Jueves, 8 de febrero

Hoy al volver de la escuela me asomé a la cerca y grité a un hombre que trabaja en la estación de gasolina:

—Oye, Chuck ¿qué hay en esa caja que tienen a un lado de la gasolinera que dice Sistema de alarma?

Sé que se llama Chuck porque lo lleva puesto en el uniforme.

—Unas pilas —me dijo Chuck—. Pilas y un timbre.

Lo de las pilas es como para pensar en ello.

Empecé otro cuento que espero se publique en el Anuario de los Escritores Jóvenes. Me parece que lo voy a titular *El hombre de cera de diez pies de alto*. Todos los chicos de mi clase están escribiendo historias fantásticas llenas de monstruos, rayos láser y seres extraterrestres. Las chicas, según parece, están escribiendo, sobre todo, poesías o historias de caballos.

Cuando estaba trabajando en el cuento tuve una idea brillante. Si llevaba la comida en una caja negra, del tipo de las que llevan los obreros, y ponía unas pilas, a lo mejor podía incorporarle una alarma contra robos.

Viernes, 9 de febrero

Hoy recibí una carta de mi padre con el matasellos de Albuquerque, Nuevo Méjico. Pensé que al menos sería una carta, pero

cuando abrí el sobre encontré un billete de veinte dólares y una servilleta de papel. En la servilleta había escrito:

Siento lo de Bandido. Te envío 20 dólares. Cómprate un helado. Tu padre.

Me puse tan contento que no podía ni hablar. Mi madre leyó la servilleta y dijo:

—Tu padre no quiere decir realmente que te compres un helado.

—Entonces, ¿por qué lo ha escrito? —pregunté.

—Es su forma de decirte que siente de

verdad lo de Bandido. Lo que pasa es que no se le da muy bien lo de expresar sus sentimientos. —Mamá parecía triste cuando añadió—: Algunos hombres son así, ¿sabes?

—¿Y qué es lo que debo hacer con los 20 dólares? —pregunté, y no es que no tengamos en qué gastárnoslos.

—Guárdalos —dijo mi madre—. Son tuyos y te vendrán bien.

Cuando pregunté si tenía que escribir a mi padre para darle las gracias, mi madre me miró de forma extraña y dijo:

—Eso es cosa tuya.

Esta noche trabajé mucho en el cuento sobre el hombre de cera que estoy escribiendo para los Escritores Jóvenes, y decidí guardar los 20 dólares pensando en ahorrar lo suficiente para comprarme una máquina de escribir. Cuando llegue a ser un escritor de verdad necesitaré una buena máquina de escribir.

15 de febrero

Querido señor Henshaw:

Hace mucho tiempo que no le escribo porque sé que está usted ocupado, pero necesito ayuda para el cuento que estoy tratando de escribir para el Anuario de los Escritores Jóvenes. Lo empecé, pero no sé cómo terminarlo.

Mi cuento es sobre un hombre muy alto que conduce un gran camión, del estilo del que conduce mi padre. El hombre es de cera, y cada vez que cruza el desierto se derrite un poco. Hace tantos viajes y se derrite tanto que, al final, no puede ni manejar los mandos ni llegar al freno. Y no sé continuar. ¿Qué debo hacer?

Los chicos de mi clase que están escribiendo sobre monstruos lo que hacen es introducir un nuevo monstruo en la última página y terminan con los malvados con un rayo láser. Ese tipo de final no me parece bien. No sé por qué.

Por favor, ayúdeme. Con una postal me bastaría.

Su esperanzado,
Leigh Botts

P.D. Hasta que empecé a escribir el cuento, escribía en el diario casi todos los días.

Querido señor Henshaw:

Muchas gracias por contestar mi carta. Me quedé muy sorprendido de que a usted le costara trabajo escribir cuentos cuando tenía mi edad. Creo que tiene razón. Quizá aún no esté preparado para escribir un cuento. Comprendo lo que quiere decir. El personaje de un cuento debe poder solucionar los problemas o transformarse él de algún modo. Me doy cuenta de que un hombre de cera, que se derrite hasta convertirse en un charco, no podría solucionar nada, y que el derretirse no es el tipo de transformación a la que usted se refiere. Quizá pudiera aparecer alguien en la última página y convertirle en velas. Esto le cambiaría del todo, pero ése no es el final que yo deseo.

Pregunté a la señorita Martínez si lo que tenía que escribir para los Escritores Jóvenes era un cuento, y me dijo que podía escribir también una poesía o una descripción.

Su agradecido amigo,
Leigh

P.D. Compré un ejemplar de *Maneras de divertir a un perro* en una venta que había en un garaje. Espero que no le importe.

Jueves, 1 de marzo

Me estoy quedando muy atrás en este diario por varias razones, entre ellas por trabajar en mi cuento y por escribir al señor Henshaw (el verdadero, no el imaginario). También porque tuve que comprarme un cuaderno nuevo pues ya había terminado el primero.

El mismo día me compré una caja negra con tapa para el almuerzo, en la tienda de objetos usados que hay en una calle más abajo, y empecé a llevar en ella la comida. Los chicos se quedaron muy sorprendidos, pero nadie se rió de mí porque una caja negra no es lo mismo que una de esas cajas cuadradas cubiertas de personajes de historietas que llevan los niños de primero y segundo. Un par de niños me preguntaron si era de mi padre. No hice más que sonreír y dije:

—¿Dónde créen que la he comprado?

Al día siguiente, mis rollitos de salchichón rellenos de crema de queso habían desaparecido, pero lo esperaba. Tengo que atrapar a ese ladrón. Voy a hacer que le pese haberse comido lo mejor de mis almuerzos.

Después, fui a la biblioteca a buscar libros sobre pilas eléctricas. Saqué un par de libros sobre electricidad, de los más sencillos, porque nunca me han interesado las pilas. Lo único que sé es que, cuando hay que utilizar una linterna, generalmente, las pilas están gastadas.

Finalmente, desistí de mi cuento sobre el hombre alto de cera pues era realmente una estupidez. Y decidí escribir una poesía sobre las mariposas, para los Escritores Jóvenes, porque una poesía puede ser corta. Pero como resulta difícil pensar en las mariposas y en las alarmas contra robos al mismo tiempo, me puse a estudiar los libros de electricidad. Los libros no me daban instrucciones para instalar una alarma en una caja, pero aprendí bastante sobre pilas, interruptores y cables, así que creo que la podré inventar yo mismo.

Viernes, 2 de marzo

Esta noche he vuelto a trabajar en mi poesía. La única rima que se me ocurre para "mariposa" es muy "airosa". Se me ocurren rimas como "brisa" y "lisa", que son muy aburridas, y luego "silencioso" y "umbroso". Una poesía sobre las mariposas, silenciosas, preciosas, que están en ramas umbrosas, parece una tontería y, en cualquier caso, hay un par de niñas que ya están escribiendo poesías sobre las mariposas monarcas.

De vez en cuando empiezo una carta a mi

padre para darle las gracias por los 20 dólares pero tampoco puedo terminarla. No sé por qué.

Sábado, 3 de marzo

Hoy me fui con la caja del almuerzo y los 20 dólares de mi padre a la ferretería a echar un vistazo. Encontré un interruptor de luz corriente, una pila pequeña, y un timbre de puerta barato. Mientras buscaba por allí el tipo de cable que necesitaba, un hombre que me había estado observando (a los niños de mi edad siempre se les observa cuando entran en un almacén) me preguntó si podía ayudarme. Era un señor mayor, muy simpático, que me dijo:

—Hijo, ¿qué piensas hacer?

Me llamó hijo, mientras que mi padre me llama muchacho. No quería decírselo a aquel hombre, pero, cuando vio lo que llevaba en la mano, sonrió y dijo:

—Te tienen fastidiado con el almuerzo, ¿verdad?

Asentí con la cabeza y dije:

—Estoy tratando de hacer una alarma contra robos.

—Eso es lo que yo me figuraba —contestó—. Por aquí han venido algunos trabajadores con el mismo problema.

Resultó que lo que necesitaba era una pila de linterna de 6 voltios en vez de la pila que había cogido. Me dio un par de consejos, y después de pagar, me dio un golpecito en la espalda y dijo:

—Buena suerte, hijo.

Me marché a toda prisa a casa con todo lo que había comprado. Primero hice un letrero para la puerta que decía:

NO ENTRAR
MAMÁ,
ESTO VA POR TI

Enseguida me puse manos a la obra. Por un lado uní un cable de la pila al interruptor, y el otro lado del interruptor lo sujeté al timbre. Luego uní el segundo cable de la pila al timbre. Me tomó algún tiempo para que me quedara bien. Luego, sujeté la pila con cinta adhesiva en una esquina de la caja del almuerzo y el timbre en la otra. Coloqué el interruptor en la parte de detrás de la caja y lo sujeté también con cinta adhesiva.

Aquí me encontré con un problema. Creí que podría meter la abrazadera del termo, que es de alambre, dentro de la tapa y sujetarla bajo el interruptor, cerrando la caja con cuidado. Pero la abrazadera no era bastante larga. Después de mucho pensar y experimentarle até una especie de presilla de alambre. Entonces cerré la caja pero dejando sitio para que me cupiera la mano y poder meter la presilla de alambre en el pulsador del interruptor. Luego, saqué la mano y cerré la caja.

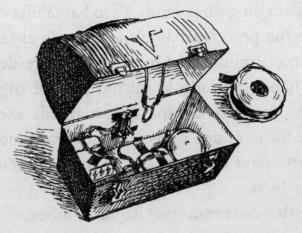

Entonces volví a abrir la caja ¡Mi alarma funcionaba! El timbre que había puesto dentro de la caja empezó a sonar con gran estrépito, lo que hizo que mi madre viniera a mi puerta.

—Leigh, ¿pero qué pasa ahí dentro? —gritó para que la pudiera oír a pesar del ruido que hacía la alarma.

La dejé entrar y le hice una demostración de mi alarma contra robos. Se rió y me dijo que era un gran invento. Pero había una cosa que me preocupaba. ¿Amortiguaría el sandwich el sonido del timbre? Mi madre debió de haber pensado lo mismo porque sugirió que pegara en la tapa un pedazo de cartón que formara una especie de compartimiento aparte para el sandwich. Lo hice y funcionó muy bien.

Estoy deseando que llegue el lunes.

Lunes, 5 de marzo

Hoy mi madre me empaquetó la comida con mucho cuidado, y probamos la alarma para ver si seguía funcionando. Funcionaba muy bien y con mucho ruido. Cuando llegué a la escuela el señor Fridley me dijo:

—Me gusta verte sonriendo. Debías tratar de hacerlo con más frecuencia.

Dejé la caja del almuerzo, y esperé. Estuve esperando toda la mañana a que sonara la alarma. La señorita Martínez me preguntó si atendía a mi trabajo. Contesté que sí pero, en realidad, estaba pendiente todo el tiempo de que la alarma sonara para poder salir corriendo y atrapar al ladrón. Como no ocurría nada empecé a preocuparme. A ver si es que el cable se había soltado del interruptor al ir a la escuela.

Llegó la hora de comer, y la alarma seguía sin sonar. Cada uno cogió su comida y nos fuimos a la cafetería. Cuando coloqué la caja encima de la mesa delante de mí me di cuenta de que tenía un problema, un gran problema. Si el cable no se había soltado, la alarma seguiría conectada. Así que me quedé sentado mirando la caja de la comida sin saber qué hacer.

—¿Por qué no comes? —preguntó Barry con la boca llena.

Los sandwiches de Barry nunca están cortados por la mitad y para empezar siempre da un gran mordisco en uno de los lados. Todos los que estaban en la misma mesa se me que-

daron mirando. Pensé decir que no tenía
hambre, pero sí tenía. Decidí llevarme la caja
al pasillo para abrirla allí pero, si la alarma
seguía conectada, no había manera de abrirla
sin que sonara. Finalmente pensé: vamos a

ello. Desabroché los dos cierres y contuve el aliento mientras levantaba la tapa.

¡Uhhhh! La alarma había empezado a sonar. El ruido era tan grande que sorprendió a todos los que estaban en la mesa, incluso a mí, e hizo que todos los que estaban en la cafetería se volvieran para mirar. Levanté la cabeza y vi al señor Fridley, que estaba junto al cubo de la basura, sonriéndome. Entonces, desconecté la alarma.

De repente, parecía que todo el mundo se fijaba en mí. El director, que durante la hora de la comida siempre viene a ver cómo van las cosas, se acercó a mí para examinar la caja y dijo:

—Vaya invento que tienes ahí.

—Gracias —dije, contento de que al director le hubiera gustado mi alarma.

Algunos profesores salieron de su comedor para ver qué era aquel ruido. Tuve que hacer una demostración. Según parece yo no era el único al que habían robado cosas del almuerzo, y todos los niños dijeron que ellos también querían una alarma para sus cajas, incluso los que no llevan cosas ricas y nunca les roban el almuerzo. Barry dijo que él quería una alarma igual para la puerta de su cuarto. Empecé a sentirme como una especie de héroe. A lo mejor resulta que no soy tan mediocre después de todo.

Pero hay una cosa que me sigue preocupando. Sigo sin saber quién me roba la comida.

Martes, 6 de marzo

Hoy Barry me pidió que fuera a su casa para ver si podía ayudarlo a fabricar una alarma para su habitación, pues tiene un montón de hermanas y hermanastras pequeñas que se meten en sus cosas. Pensé que podría, pues había visto una alarma de ésas en uno de los libros de electricidad de la biblioteca.

Barry vive en una casa grande, antigua, que es como muy alegre y desordenada, hay niñas pequeñas por todas partes. Pero resultó que Barry no tenía el tipo de pila que hacía falta, así que no hicimos más que jugar, y estuvimos viendo también sus construcciones. Barry no utiliza nunca las instrucciones, porque son demasiado difíciles y estropean la diversión. Las tira y descubre por sí mismo cómo han de encajar las piezas.

Sigo sin saber qué escribir para los Escritores Jóvenes, pero estaba tan contento que, por fin, le escribí a mi padre para darle las gracias por los 20 dólares, pues había encontrado una cosa útil en que gastarlos, aunque ya no pudiera comprar la máquina de escribir. Pero no le contaba gran cosa.

Me gustaría saber si mi padre se va a casar

con la madre del niño de la pizza. Eso me preocupa mucho.

Jueves, 15 de marzo

Esta semana aparecieron varios niños con cajas provistas de alarmas. Hay una canción que dice que las colinas están invadidas por el son de la música. Bueno, pues podría decirse que nuestra cafetería estaba invadida por el ruido de las alarmas contra robos. La novedad no duró mucho y al poco tiempo ni siquiera me molestaba en poner la alarma. Pero no han vuelto a robarme nada de la caja desde aquel día.

Nunca llegué a averiguar quién era el ladrón y ahora, cuando pienso en ello, me alegro. Si hubiera sonado la alarma cuando la caja estaba en clase, se habría metido en un buen lío. A lo mejor era sencillamente alguien a quien su madre le ponía cosas poco apetitosas para comer, como sandwiches de mermelada de ese pan blanco que sabe a *kleenex*. O a lo mejor es que era él quien tenía que prepararse la comida y en su casa no había nunca nada rico para comer. A veces, he visto a algunos niños mirar dentro de sus cajas, sacar los dulces y tirar lo demás al cubo de la basura. Al señor Fridley le preocupan esas cosas.

No quiero decir que robar en las cajas de comida esté bien. Lo que digo es que me alegra no saber quién era el ladrón, porque tengo que ir a la escuela con él.

Viernes, 16 de marzo

Esta noche me había quedado mirando una hoja en blanco, esperando a ver si se me ocurría algo para los Escritores Jóvenes, cuando sonó el teléfono. Mi madre dijo que lo cogiera porque estaba lavándose la cabeza.

Era mi padre. Se me hizo un nudo en la

garganta como me ocurre siempre que oigo su voz.

—¿Qué tal vas, muchacho? —me preguntó.

—Muy bien —dije, pensando en el éxito de mi alarma contra robos—. Estupendamente.

—Recibí tu carta —dijo.

—Ah, muy bien —dije.

Su llamada me había cogido tan de sorpresa que podía oír cómo me latía el corazón, y no se me ocurría nada que decir, hasta que le pregunté:

—¿Has encontrado otro perro para sustituir a Bandido?

Supongo que en realidad lo que yo quería decir era que si había encontrado otro niño que me sustituyera.

—No, pero pregunto por él por la radio —me dijo mi padre—. A lo mejor aparece todavía.

—Ojalá.

Esta conversación no nos llevaba a ninguna

parte. En realidad no sabía qué decirle a mi padre. Era muy violento.

Mi padre entonces me sorprendió. Me preguntó:

—¿Echas de menos alguna vez a tu padre?

Me quedé pensativo. Ya lo creo que lo echaba de menos pero no me salían las palabras para decírselo. Mi silencio debió preocuparle, porque preguntó:

—¿Estás todavía ahí?

—Por supuesto, papá, claro que te echo de menos —le dije.

Era verdad, pero no tanto como hacía un par de meses. Seguía deseando que apareciera delante de casa en su camión grande, pero ahora sabía que no podía contar con ello.

—Siento no ir en esa dirección con más frecuencia —dijo—. Me han dicho que van a cerrar la refinería de azúcar de Spreckels.

—Lo he leído en el periódico —dije.

—¿Está tu madre por ahí? —preguntó.

—Voy a ver —dije, aunque para entonces estaba de pie al lado del teléfono con el pelo envuelto en una toalla.

Ella dijo que no con la cabeza. No quería hablar con mi padre.

—Se está lavando la cabeza —dije.

—Dile que le enviaré el cheque de tu mensualidad cualquier día de la semana que viene —dijo—. Adiós, muchacho. Pórtate bien.

—Adiós, papá —contesté—. Conduce con cuidado.

Me parece que no va a aprender nunca que me llamo Leigh y que no me meto en líos. Claro que a lo mejor él también piensa que yo siempre creo que él no conduce con cuidado. Aunque en realidad no lo hace. Es un buen conductor, pero corre mucho para ganar tiempo, cuando no le ve la patrulla de carretera. Todos los camioneros lo hacen.

Después de la llamada, ya no pude pensar más sobre los Escritores Jóvenes, así que cogí *Maneras de divertir a un perro* y lo leí por centésima vez. Ahora ya leo libros más serios, pero sigue gustándome leer ese libro. Me gustaría saber dónde está el señor Henshaw.

Sábado, 17 de marzo

Hoy es sábado, así que esta mañana volví a ir de paseo hasta los árboles de las mariposas. El bosque estaba tranquilo y silencioso y, como hacía sol, me quedé mucho rato mirando las mariposas de color naranja revoloteando entre las hojas verdes y grises, y escuchando el ruido del mar contra las rocas. Ya no hay tantas mariposas. Puede que estén volando hacia el norte para pasar el verano. Pensé que a lo mejor podía escribir sobre ellas en prosa en vez de en verso, pero al volver a casa empecé a pensar en mi padre, y en una vez que me llevó con él cuando transportaba uvas a una bodega, y en lo maravilloso que había sido ese día.

Martes, 20 de marzo

Ayer la señorita Neely, la bibliotecaria, me preguntó si había escrito algo para el Anuario de los Escritores Jóvenes, pues todos los escritos tenían que ser entregados al día siguiente. Cuando le dije que no, me dijo que todavía me quedaban veinticuatro horas y que por qué no me ponía a ello. Y lo hice, pues realmente me apetecía conocer a algún escritor famoso. Mi cuento sobre el hombre de cera de diez pies había ido a parar al cesto de los papeles. Luego, traté de empezar un cuento llamado *El gran misterio de la caja del almuerzo*, pero no conseguí convertir esta experiencia en un cuento, pues no sé quién es el ladrón (o los ladrones), y en realidad ya no quiero saberlo.

Finalmente, relaté a toda prisa aquella vez en que fui con mi padre, que llevaba un cargamento de uvas, por la carretera 152, cruzando el paso de Pacheco, hasta una bodega.

Puse cosas como las señales de carretera que indicaban: "cuesta pronunciada", "camiones, primera velocidad", y con qué habilidad conducía un remolque largo y pesado en las curvas. Puse también algo sobre los halcones que se posan en los cables de teléfono y hablé de aquel pico alto que utilizaba el vigía del bandolero *Black Bart* para vigilar a los viajeros que pasaban por el puerto y avisar a *Black Bart* para asaltarlos, y de las hojas de los árboles, que hay a lo largo del riachuelo que va por el fondo del barranco, que se estaban tornando amarillas, y de lo bien que huelen esas grandes cantidades de uvas al sol. No puse lo de las camareras y los vídeo-juegos. Luego volví a copiarlo todo, por si contaba la buena presentación, y se lo di a la señorita Neely.

Sábado, 24 de marzo

Mi madre me dijo que tenía que invitar a Barry a casa a cenar porque yo he ido muchas veces a su casa después del colegio. Hoy estuvimos tratando de fabricar una alarma contra robos para su habitación. Finalmente, hemos conseguido hacerla funcionar con la ayuda de un libro de la biblioteca.

No estaba seguro de que a Barry le fuera a gustar el venir a nuestra casa, que es tan pequeña comparada con la suya, pero aceptó cuando lo invité.

Mi madre hizo un guiso con cosas muy ricas: carne molida, chiles, tortillas, tomates y queso. Barry dijo que le había gustado mucho comer en nuestra casa, porque estaba harto de hacerlo con un montón de hermanas pequeñas que están todo el tiempo tirando las cucharas y haciendo payasadas. Me puse muy contento. Es muy agradable tener un amigo.

Barry contó que su alarma sigue funcionando. Lo malo es que sus hermanas encuentran muy divertido abrir la puerta de su cuarto para que suene. Luego se ponen a reír

y se esconden. Y como su madre se estaba
volviendo loca con todo este lío, al final ha
tenido que desconectarla. Nos hemos reído
un buen rato. A Barry y a mí nos hace ilusión
haber hecho algo que funciona, aunque no se
pueda utilizar.

137

Barry vio el letrero que hay en mi puerta y que dice: NO ENTRAR. MAMÁ, ESTO VA POR TI. Me preguntó si mi madre realmente no entra en mi cuarto, y yo le dije:

—Si tengo todo recogido, por supuesto que no. Mi madre no es una entrometida.

Barry dijo que le gustaría tener una habitación en la que no entrara nadie. Me alegré de que Barry no me pidiera ir al cuarto de baño. A lo mejor, después de todo, empiezo a quitarle el moho.

Domingo, 25 de marzo

Sigo pensando en mi padre. Me pareció que estaba muy solo, y me gustaría saber qué habrá sido del chico de la pizza. No me gusta imaginarme que mi padre está solo, pero tampoco me gusta pensar en que quien le anima es el niño de la pizza.

Esta noche a la hora de cenar (frijoles y salchichas) tuve el valor de preguntar a mi madre si creía que mi padre volvería a casarse. Se quedó pensando un rato y luego dijo: —No sé cómo. Tiene que pagar todavía los plazos del camión, que son muy altos, y el precio del gasóleo no para de subir, y si la gente no tiene dinero para construir casas o para comprar autos, no podrá transportar materiales ni automóviles.

Pensé en ello. Sé que la licencia para un camión como el suyo cuesta más de 1.000 dólares al año.

—Pero siempre manda el cheque para mi manutención —dije—, aunque a veces con retraso.

—Sí, eso sí —dijo mi madre—. Es que tu padre no es una mala persona ni mucho menos.

De repente, me puse hecho una furia.

—Entonces, ¿por qué no se vuelven a casar?

Me parece que no lo dije de una manera muy agradable.

Mi madre me miró directamente a los ojos.

—Porque tu padre no se hará mayor nunca —dijo.

Yo sabía que nunca diría nada más acerca de esto.

¡Mañana sale el Anuario de los Escritores Jóvenes! A lo mejor tengo suerte y voy a comer con un escritor famoso.

Lunes, 26 de marzo

Hoy no ha sido el mejor día de mi vida. Cuando mi clase fue a la biblioteca vi un montón de Anuarios y apenas podía esperar a que la señorita Neely nos los repartiera. Cuando finalmente me dio el mío, y lo abrí por la primera página, había un cuento de un monstruo, así que vi que no había ganado el primer premio. Seguí pasando las hojas. Tampoco había ganado el segundo, que se lo dieron a una poesía, y tampoco el tercero ni el cuarto. Luego pasé otra página y vi una Mención de Honor y debajo de ella:

UN DÍA EN EL CAMIÓN DE MI
PADRE
por LEIGH BOTTS

Ahí estaba mi título y mi nombre impreso debajo, aunque fuese fotocopiado. No puedo decir que no me llevara una desilusión por no ganar un premio, pues me la llevé. Lo que realmente me desilusionaba era no conocer al misterioso Escritor Famoso. Sin embargo, me hacía ilusión ver mi nombre impreso.

Algunos chicos estaban indignados porque no habían ganado o porque ni siquiera les habían puesto su nombre. Decían que no iban a volver a escribir, lo cual me parece una tontería. He oído decir que a algunos escritores de verdad les rechazan los libros. Me imagino que unos ganan y otros pierden.

Luego la señorita Neely anunció que el

Escritor Famoso con el que los ganadores iban a comer era Angela Badger. Las niñas estaban más emocionadas que los niños, porque Angela Badger escribe casi siempre sobre niñas con problemas, como el de tener los pies muy grandes, o granos, o algo parecido. A mí, a pesar de todo, me apetecía conocerla porque es lo que se llama un escritor vivo de verdad, y nunca he conocido a ninguno. Me alegro de que el autor no sea el señor Henshaw porque entonces sí me hubiera desilusionado *de verdad* no conocerlo.

Viernes, 30 de marzo

Hoy resultó un día muy emocionante. A la mitad de la segunda clase, la señorita Neely dijo que saliera y me preguntó si me gustaría comer con Angela Badger. Yo dije:

—Por supuesto, pero, ¿cómo?

La señorita Neely me explicó que los maestros habían descubierto que la poesía que había ganado estaba copiada de un libro y que no era original, así que a la niña que la había presentado no se le permitiría ir y que si a mí me gustaría ir en su lugar. ¡Que si me gustaría!

La señorita Neely telefoneó a mi madre, que estaba en el trabajo, para pedirle permiso, y yo le regalé mi comida a Barry porque lo que yo llevo es mejor que lo suyo. Los otros ganadores estaban todos muy bien vestidos, pero a mí no me importaba. Me he dado cuenta de que hay escritores, como el señor Henshaw, que casi siempre llevan camisas viejas de cuadros en las fotos que hay en la parte de atrás de los libros. Mi camisa es tan vieja como la suya, así que sabía que estaba bien.

La señorita Neely nos llevó en su propio auto al *Holiday Inn*, donde otras bibliotecarias y sus ganadores estaban esperando en el vestíbulo. Luego llegó Angela Badger con su marido el señor Badger, y nos llevaron a todos al comedor, que estaba muy lleno de gente. Una de las bibliotecarias, que era una especie de bibliotecaria jefe, dijo a los ganadores que se sentaran a una mesa larga en la que había un cartel que decía RESERVADO. Angela Badger se sentó en el centro y algunas de las niñas se empujaron para sentarse a su lado. Yo me senté enfrente. La bibliotecaria jefe explicó que podíamos elegir lo que quisiéramos comer de un mostrador lleno de ensaladas. Luego, todas las bibliotecarias se fueron y se sentaron en otra mesa con el señor Badger.

Y allí estaba yo cara a cara con un escritor vivo de verdad que parecía una señora simpática, gordita, con el pelo muy rizado, y sin que se me ocurriera nada que decir porque no había leído sus libros. Algunas niñas le dijeron cuánto les gustaban sus libros, pero otros niños y niñas eran demasiado tímidos como para decir algo. No pareció suceder nada hasta que la señora Badger dijo:

—¿Por qué no vamos todos a servirnos la comida al mostrador?

¡Qué lío se armó! Algunas personas no sabían lo que era servirse uno mismo en un mostrador, pero la señora Badger fue delante y todos nos servimos lechuga y ensalada de frijoles y de papas, y todas las cosas que normalmente se ponen en esos mostradores. Algunos de los niños más pequeños eran demasiado bajitos y no llegaban más que a los platos que había en primera fila. No se las arreglaban nada bien hasta que la señora Badger los ayudó. Servirnos la comida nos llevó bastante tiempo, bastante más que en la cafetería del colegio, y cuando volvimos a la mesa con los platos, la gente que había en otras mesas se agachaba y se empujaba como si temiera que les fuésemos a tirar la comida en la cabeza. Había un niño que no tenía en el plato más que un pedazo de tomate porque creía que iba a poder volver a servirse carne y pollo frito.

Tuvimos que explicarle que no nos iban a dar nada más que ensalada. Entonces se puso colorado y fue a servirse más ensalada.

Yo seguía pensando en algo interesante que decir a la señora Badger, mientras trataba de pescar los garbanzos que tenía en el plato con un tenedor. Un par de niñas eran las que lo hablaban todo y le decían a la señora Badger que querían escribir libros *exactamente* como los suyos. Las otras bibliotecarias estaban muy entretenidas charlando y riéndose con el señor Badger que debía de ser muy gracioso.

La señora Badger trató de conseguir que algunos de los más tímidos dijeran algo, pero sin grandes resultados, y yo seguía sin que se me ocurriera nada que decir a una señora que escribía libros sobre niñas con problemas de pies grandes y de granos. Finalmente, la señora Badger me miró fijamente y me preguntó:

—¿Qué escribiste tú para el Anuario?

Me di cuenta de que me ponía colorado y contesté:

—Nada más que un paseo en camión.

—¡Oh! —dijo la señora Badger—. ¿Así que tú eres el autor de *Un día en el camión de mi padre*?

Todos se callaron. Ninguno de nosotros sabía que el escritor vivo de verdad había leído lo que habíamos escrito, pero ella lo había hecho y se acordaba de mi título.

—Yo no tuve más que una Mención de Honor —dije, pero, al mismo tiempo, pensaba que me había llamado autor. *Un escritor de verdad me había llamado autor.*

—¿Qué importa eso? —preguntó la señora Badger—. Los jurados nunca piensan todos lo mismo. A mí me gustó *Un día en el camión de mi padre* porque estaba escrito por un niño que escribía con sinceridad sobre algo que sabía y que lo sentía de verdad. Tú me hiciste

sentir lo que era bajar una cuesta muy pronunciada con muchas toneladas de uvas detrás.

—Pero no supe convertirlo en un cuento— dije sintiéndome mucho más valiente.

—¿Y qué importa? —dijo la señora Badger haciendo un gesto con la mano. —Ella es el tipo de persona que lleva anillos en el dedo índice—. ¿Qué creías? La habilidad para escribir cuentos llega más tarde, cuando hayas vivido más tiempo y tengas más comprensión. *Un día en el camión de mi padre* es un trabajo espléndido para un niño de tu edad. Lo has escrito como *tú eres* y no has tratado de imitar a nadie. Y eso es una señal de buen escritor. Continúa así.

Me di cuenta de que un par de niñas que habían estado diciendo que querían escribir libros exactamente como los de Angela Badger intercambiaban miradas avergonzadas.

—Vaya, muchas gracias —fue todo lo que pude decir.

La camarera empezó a colocar platos de helado. A todos se les había pasado la timidez y empezaron a hacer preguntas a la señora Badger: que si escribía a lápiz o a máquina, que si alguna vez le habían rechazado algún libro, que si sus personajes eran personas reales, que si había tenido granos cuando era niña como la niña de su libro, y que qué se sentía cuando se era una escritora famosa.

A mí no me parecía que las respuestas a esas preguntas eran muy importantes, pero tenía una pregunta que quería hacerle y que conseguí meter en el último momento cuando la señora Badger estaba dedicando algunos libros que la gente le había llevado.

—Señora Badger —dije—. ¿Ha conocido usted a Boyd Henshaw?

—Oh, sí —dijo mientras escribía en uno de los libros—, lo conocí en un encuentro con bibliotecarios. Los dos interveníamos en la misma sesión.

—¿Cómo es? —pregunté por encima de la cabeza de una niña que se acercaba con un libro.

—Es un joven muy simpático y con unos ojos muy pícaros —me contestó.

Creo que yo ya lo sabía desde que contestó mis preguntas.

Al volver a casa todos comentaban sobre la

señora Badger esto y la señora Badger lo otro. Yo no quería hablar. Sólo quería pensar. Un escritor vivo de verdad me había llamado autor, *a mí*. Un escritor vivo de verdad me había dicho que continuara así. Mi madre se sintió orgullosa de mí cuando se lo conté.

La estación de gasolina ha cerrado hace mucho tiempo, pero yo quería escribirlo todo para que no se me olvidara. Me alegro de que mañana sea sábado. Si tuviera que ir a la escuela, estaría todo el día bostezando. Qué pena que papá no esté aquí para poder contarle todo lo que ha pasado hoy.

31 de marzo

Querido señor Henshaw:

Esta carta va a ser muy breve para no hacerle perder tiempo leyéndola. Tenía que contarle una cosa. Tenía usted razón. Yo todavía no estoy listo para escribir un cuento inventado. ¡Pero adivine una cosa! Escribí una historia de verdad con la que gané una Mención de Honor en el Anuario. A lo mejor el año que viene escribo algo con lo que gano el primer premio o el segundo. Y a lo mejor para entonces ya soy capaz de escribir una historia inventada.

He pensado que quizá le gustaría saberlo. Muchas gracias por su ayuda. Si no hubiera sido por usted, a lo mejor hubiera entregado aquel cuento estúpido sobre el camionero de cera que se derretía.

Su amigo, el escritor
Leigh Botts

P.D. Sigo escribiendo el diario que usted me animó a empezar

153

DEL DIARIO DE LEIGH BOTTS

Sábado, 13 de marzo

Esta mañana hacía sol, así que Barry y yo echamos la carta del señor Henshaw y luego nos fuimos de paseo para ver si todavía había mariposas en el bosque. No vimos más que tres o cuatro, por lo que me imagino que la mayoría se ha ido al norte a pasar el verano. Luego nos fuimos al pequeño parque que hay en *Lovers Point* y nos sentamos un rato en una roca a contemplar los barcos de vela en la bahía. Cuando empezaron a aparecer nubes nos volvimos andando a mi casa.

Había aparcado delante de la casa un tractor sin remolque. ¡El de mi padre! Empecé a correr y mi padre y Bandido bajaron de la cabina.

—Hasta luego. Tengo que marcharme— gritó Barry que ha oído hablar mucho de mi

padre y de Bandido y que comprende lo de los padres y el divorcio.

Mi padre y yo nos quedamos mirándonos uno a otro hasta que dije:

—Hola, papá. ¿Has visto algún zapato en la carretera últimamente?

—Muchos —mi padre sonrió un poco, pero no como lo hace habitualmente—. He visto botas y zapatos de todo tipo.

Bandido vino hacia mí moviendo la cola y parecía muy contento. Llevaba un pañuelo rojo nuevo alrededor del cuello.

—¿Qué tal te va, muchacho? —preguntó mi padre—. Te he traído tu perro.

—¡Vaya, muchas gracias! —dije acariciando a Bandido.

A mi padre le colgaba la panza por encima del cinturón y no era tan alto como yo lo recordaba.

—Has crecido —dijo, que es lo que los mayores dicen siempre a los niños cuando no saben qué decir.

¿Es que mi padre esperaba que yo hubiera dejado de crecer porque él no estaba aquí?

—¿Cómo encontraste a Bandido? —pregunté.

—Preguntando todos los días en mi radio —dijo—. Al fin tuve respuesta de un camionero que dijo que había recogido un perro perdido durante una tempestad de nieve en la Sierra y que el perro seguía con él. La semana pasada coincidimos en la misma cola en una báscula.

—Estoy encantado de que lo hayas traído —dije, y después de pensar en qué más podría decirle, pregunté—: ¿Cómo es que no llevas remolque?

Yo tenía la ilusión que me dijera que había venido desde Bakersfield nada más que para traerme a Bandido.

—Estoy esperando que carguen un remolque de brécoles en Salinas —me dijo—. Como no estaba lejos, decidí hacer una escapada hasta aquí antes de salir para Ohio.

O sea que mi padre había venido a verme únicamente a causa de los brécoles. Después de tantos meses deseando verle, ahora resulta que lo que le había traído hasta aquí era un cargamento de brécoles. Me sentí defraudado y dolido. Estaba tan dolido que no se me ocurría nada que decir.

Justo en ese momento llegó mi madre y se bajó de su auto que parecía pequeño y viejo al lado del camión de mi padre.

—Hola, Bill —dijo.

—Hola, Bonnie —contestó él.

Todos nos quedamos de pie mientras Bandido movía la cola, hasta que mi padre dijo:

—¿No vas a invitarme a pasar?

—Por supuesto, pasa —dijo mi madre.

Bandido nos siguió por el camino, hasta llegar a nuestra casita, y entró con nosotros.

—¿Te apetece una taza de café? —preguntó mi madre a mi padre.

—Ya lo creo —asintió mi padre mirando

todo alrededor—. Así que es aquí donde viven los dos.

Luego se sentó en el sofá.

—Aquí es donde vivimos mientras podamos pagar la renta —dijo mi madre con voz desafinada—. Y no se puede remolcar.

Mi madre odiaba de verdad la casaremolque donde vivíamos antes.

Mi padre parecía cansado y triste, como yo no le había visto nunca hasta entonces. Mientras mi madre andaba de acá para allá preparando el café, le enseñé la alarma contra robos que había hecho para la caja del almuerzo. La hizo funcionar un par de veces y dijo:

—Siempre supe que tenía un muchacho muy listo.

Mi madre tardaba tanto en hacer el café, que pensé que tenía que entretener a mi padre, así que le enseñé mi Anuario y lo que había escrito. Lo leyó y dijo:

—Qué gracioso, pues yo sigo acordándo-
me de aquel día siempre que transporto uvas
a una bodega. Me alegro de que tú lo re-
cuerdes también.

Esto me animó mucho. Luego me miró
durante un rato como si esperara ver . . . no
sé qué, me acarició el pelo y me dijo:

—Eres más listo que tu viejo padre.

Esto me hizo avergonzarme y no supe qué
contestar.

Finalmente, mi madre trajo dos tazas de
café. Dio una a mi padre y se fue con la suya
hacia una silla. Se sentaron mirándose por
encima de las tazas. A mí me apetecía gritar
¡hagan algo, digan algo! ¡No se queden ahí
sentados sin hacer nada!

Al fin mi padre dijo:

—Te echo de menos, Bonnie.

Tuve la impresión de que no quería oír
esa conversación, pero no sabía cómo marcharme de allí, así que me senté en el suelo y
acaricié a Bandido, que se tumbó boca arriba

para que le rascara la barriga, como si nunca se hubiera marchado.

—Lo siento —dijo mi madre.

Creo que sentía de verdad que mi padre la echara de menos. O a lo mejor es que sentía todo lo que pasaba. No lo sé.

—¿Has encontrado a otra persona? —preguntó mi padre.

—No —contestó mi madre.

—Pienso mucho en ti durante los viajes largos —dijo mi padre—, especialmente por la noche.

—Yo no te he olvidado —dijo mi madre.

—Bonnie, ¿no hay alguna oportunidad? —empezó mi padre.

—No —dijo mi madre con voz suave y triste—. No hay ninguna oportunidad.

—¿Por qué no? —preguntó mi padre.

—He pasado demasiadas noches y demasiados días sola sin saber dónde estabas. He esperado demasiadas llamadas telefónicas que te olvidabas de hacer porque estabas de parranda en alguna parada —dijo mi madre—. Demasiadas noches de sábado aburridas, en una taberna ruidosa. Demasiadas promesas incumplidas. Y muchas otras cosas.

—Bueno . . . —dijo mi padre y dejó la taza—. Es lo que quería saber, ahora puedo marcharme.

Ni siquiera había terminado el café. Se puso de pie y yo también. Entonces me dio un fuerte abrazo y hubo un momento en el que quise agarrarme a él y no dejarle marchar.

—Hasta la vista, hijo —dijo—. Trataré de venir a verte con más frecuencia.

—Muy bien, papá —dije.

Para entonces yo ya sabía que no podía fiarme de nada de lo que decía.

Mi madre vino hasta la puerta. De repente, mi padre la abrazó y, cual no sería mi sorpresa, cuando ella lo abrazó a él también.

Luego él se dio la vuelta y bajó corriendo los escalones. Cuando llegó al camión gritó:

—Cuiden a Bandido.

Me imaginé a mi padre transportando un enorme remolque frigorífico lleno de brécoles a través de la Sierra y de las Rocosas y de las llanuras, y de todos esos sitios que había en mi mapa de carreteras, hasta llegar a Ohio. Personalmente me sentiría muy feliz de que se llevaran todos los brécoles de California a Ohio, porque no es una verdura que me guste mucho, pero no me agradaba pensar en mi padre, solo en ese enorme camión, conduciendo todo el día y la mayor parte de la noche, excepto cuando podía coger unas pocas horas de sueño y pensando todo el rato en mi madre.

—¡Papá, espera! —grité, y salí corriendo hacia él—. Papá, quédate con Bandido, tú lo necesitas más que yo. —Mi padre dudó un momento hasta que le dije—: Por favor, llévatelo. Yo no tengo tiempo de jugar con él.

Mi padre sonrió y lanzó un silbido. Bandido saltó a la cabina como si no deseara hacer otra cosa.

—Adiós, Leigh —dijo mi padre, y puso en marcha el motor. Luego se asomó y dijo—: Eres un buen chico, Leigh. Estoy orgulloso de ti y voy a tratar de no defraudarte— y mientras arrancaba gritó—: ¡Te veré pronto! Y su manera de decirlo me recordó al que era antes.

Cuando entré, mi madre estaba bebiendo el café mirando al vacío. Me fui a mi habitación, cerré la puerta y me quedé escuchando el pim-pim de la estación de gasolina. Tal vez fue el cargamento de brécoles lo que había llevado a mi padre a Salinas, pero el resto del recorrido lo había hecho porque realmente quería vernos. En verdad que nos había echado de menos. Me sentí triste y, al mismo tiempo, contento.